雲雀湯
Hibariyu
illust シソ
転校
清
美少女が、
と思って
一緒に遊んだ
幼馴染だった件
JN003304

こちらに向かってニコリと微笑む様は、蕾《つぼみ》が綻《ほころ》ぶように愛らしい。
大人しそうな感じの大和撫子《やまとなでしこ》という言葉が良く似合う、
清楚可憐な女の子だった。
「よろしくね、霧島くん」

ドカッと勢いよくクッションに座ったかと思えば
胡坐《あぐら》をかき、ぐいぐいとこちらに身を寄せられれば、
どうしたって当時のはるきと重なってしまう。
「よし、久々に対戦しよう。
負けたら貸し1ね」

「約束、な」
「うん、約束。

えへっ」
絡まる小指。
些《さ》細《さい》な秘密の約束。
互いに零《こぼ》れる笑い声。
また1つ、あの時のように、
2人の間に思い出が
生まれるのだった。

「隼人ってさ、男の子なんだよね？」

「は？　いきなりどうした？」

「さっきだけどボクたちってその……

その！　でも！　隼人は隼人でボクはボクで……

ボクたちって一体何だろうって思って」

背丈、身体つき、手のひらの大きさ……

昔と違って変わってしまったことはたくさんあって、戸惑うこともいっぱいだ。

「それでもまぁ、俺たちは俺たち、だろ」

「ボクたちはボクたち、か」

二階堂春希
Haruki Nikaidou
7年前まで月野瀬に住んでいた隼人の幼馴染。クラスの高嶺の花の美少女……というのは擬態で、隼人の前では一人称が「ボク」になる。

霧島隼人
Hayato Kirishima
月野瀬という田舎から都会の学校に転校してきた。料理が得意で毎日妹の分まで夕飯を作る。

Contents

プロローグ　003

第1話　006
再会した、かつての親友

第2話　047
約束

第3話　068
ありふれた食卓

第4話　076
慣れないこと、苦手なこと

第5話　098
隼人のアホーッ！

第6話　106
ボクの言った通りでしょ？

第7話　123
一人っ子

第8話　137
生意気になった

第9話　150
放っておけるかよ！

第10話　173
姫子の決意

第11話　188
野菜の花束

第12話　205
姫子の親友

第13話　212
だって約束しただろ？

第14話　273
俺の前でだけ昔のノリって、
いや、ちょっと！

第15話　293
ただいま

あとがき　298

illustration by シソ　design by 百足屋ユウコ＋豊田知嘉（ムシカゴグラフィクス）

転校先の清楚可憐な美少女が、昔男子と思って一緒に遊んだ幼馴染だった件

雲雀湯

角川スニーカー文庫

22526

プロローグ

ある夏の終わりの夕暮れだった。

それは彼らがまだ、楽しい日々がいつまでも続くと無邪気に信じていた時のこと。

『ひっこし？』

『うん、すっごくとおいとこ』

『もう、あそべなくなるのか？』

『……わかんない』

山奥にある神社の更に奥、古い社殿を利用した遊び慣れた子供たちだけの秘密基地。

そこで戸惑う2人の子供は、互いに俯《うつむ》き肩を震わせ、しかし涙すまいと堪《こら》えている。

引っ越し。

その意味がわからないほど幼くはなく、そしてどうしようもない別れがあるということも理解してしまう。

頭の中はぐちゃぐちゃで、言い様のない感情が身体中を駆け巡り、彼らの胸と感情を焦がす。

大切な友達だった。


ただでさえ過疎の進む山里で、数少ない子供同士。妹とも一緒に毎日のように遊び回り、これからも一緒だと信じて疑わなかった。

だからそれは、現実を認めまいとする抵抗であり意地だった。

強引に小指を取って絡ませる。

戸惑う相手のことはお構いなし。

だけど、どうしても何かせずにはいられない。

『はるき、おれたちはずっとともだちだから！』

『う、うん！　ボクたち、はなれていてもともだちだ、はやと！』

それは子供同士の小さな約束。

周囲に咲き誇る向日葵《ひまわり》、飲み干した空のラムネ瓶、カナカナと鳴くヒグラシの声を証人に、小指を繋《つな》いで交わされた些細《ささい》な儀式。

どうしようもない別れを前にした、再会を願うもの。
だから2人は無理矢理にでも笑顔を作る。
『いってきます！』
『おう、いってこい！』
ゆえに、別れの言葉は交わさない。
それは今からもう、7年も前のことだった。

第1話

再会した、かつての親友

そして現在。

隼人《はやと》は山に囲まれた田舎でなく、そこから車で数時間離れた都会の大きな建物を目の前にしていた。

「でっけぇ……」

目の前の高校を前にして嘆息する。

引っ越し先の転入先の高校は、田舎のうらぶれた雨漏りする木造1階建てのものと比べると、3階建ての白亜の鉄筋コンクリートのそれは随分と大きく小綺麗《こぎれい》で、目を回しそうになってしまう。

思わず現実逃避気味に、先のように懐かしいことを思い出していた。

ともかく圧倒されたままではいけないと、気を取り直して職員室へと向かう。

既に面倒な手続きなどは終えているようで、そのまま担任の先生と共に教室へと行く。

扉の上には1－Aのプレート。ここが今日から隼人の教室らしい。

ガラリと戸を開けた瞬間、入口からして興味の視線が突き刺さり、一瞬ビクリと肩を震わせ緊張する。当然だ。田舎の全校生徒より多い人数が一部屋に集められているのだから。

「き、霧島隼人《きりしまはやと》です。月野瀬《つきのせ》という、道路で猿や鹿や猪と顔を合わせちゃうようなところからやって来た田舎者です。色々教えてくれるとありがたい……かな？」

そんな自虐風の自己紹介。大うけされるほどではないが、周囲から思わず好意的なくすくす笑いが零《こぼ》れるようなリアクション。ここ数日、何度も練習した挨拶《あいさつ》だった。

（ふぅ、よかった）

転校初日の滑り出しの反応としては上々で、隼人はホッと息を吐く。

ただでさえ田舎から都会への引っ越し、それも6月の半ばという中途半端な時期である。隼人としてもやはり、一抹の不安があったからだ。

それでも、ワクワクしていることもあった。

幼い頃に約束を交わした相手——二階堂《にかいどう》はるきと同じ街に引っ越してきたのだ。再会できるかもしれない、そんな期待もある。記憶の中の幼い彼が、脳裏でニカッと笑う。

「席は……そうだな、二階堂の隣が空いているか」

「二階ど——え？」

「はい」

一人の女子生徒が、ここですよとばかりに手を挙げた。

とても綺麗な女の子だった。

くりくりとした大きな瞳《ひとみ》に、両サイドでひと房ずつ編み込まれた手入れの行き届いた長い髪。こちらに向かってニコリと微笑む様は、蕾《つぼみ》が綻《ほころ》ぶように愛らしい。大人しそうな感じの大和撫子《やまとなでしこ》という言葉がよく似合う、清楚《せいそ》可憐《かれん》な女の子だった。

隼人は月野瀬の田舎ではまずお目にかかれない美少女にドキリとしてしまう一方で、『あぁ、この娘《こ》もアイツと同じ二階堂っていうんだ』などと、かつての悪友の顔を脳裏に浮かべていた。

（お調子者だったアイツのことだ、もし同じクラスとかだったなら、『同じ名字って運命だよな』と絡んで行って迷惑掛けているのかもな）

そう思うと、くつくつと笑いが零れて喉《のど》が鳴る。

「よろしく、二階堂さん」

そんな隼人の反応に、彼女は目をぱちくりとさせ少し驚くような表情を見せるも一瞬、どこか人好きのする悪戯《いたずら》めいた笑顔に変えて返事をした。

「よろしくね、霧島くん」

（……え？）

隼人は目を細める彼女に、何故か懐かしい気持ちを感じてしまった。

——あれ、何で懐かしいって思ったんだ？

思わず首を傾げてしまうのだが、周囲は考える時間を与えてはくれない。

「ねね、霧島君、自己紹介で言ってたことって本当？」

「どんだけ田舎なんだよ、道路に鹿とか猿が出るって……マジで？」

「でも一体そんなところから、どうしてこっちに来ることになったんだ？」

ショートホームルームが終わるや否や、隼人はクラスメイトに囲まれて、転校生に対する質問攻めという名の洗礼を浴びせられてしまう。

「あぁ、転校したのは急な親父の転勤なんだ。前に住んでた月野瀬はバスが1日4本しか無いような山奥でさ、人の数より家畜の数の方が多くて……正直ニワトリや羊以外にこんな風に囲まれたことが無くて、びっくりしてる」

肩をすくめてそんなことを言ってみれば、「なにそれ」「マジかー」「ウケるー」といった笑い声が広がっていく。

中々の好感触だった。思わず安堵《あんど》のため息が漏れる。それはクラスメイトたちも同じの様で、とっつきやすいと思われたのか、どんどんと質問が重ねられて行く。

「向こうで彼女とかいなかったの？」

「彼女どころか、そもそも同世代の人を探す方が難しいな」

「友達とかは？　遊びとかどうしてたんだ？」

「基本は1人でゲームか畑の手伝いかな……あ、でも1人だけ居た。すごく仲の良いやつだった。橋から一緒に川の中に飛び込まされたり、山で木に登っては降りられなくなって落っこちたり……あぁ、友達というより、アレはタチの悪い猿か何かの妖怪《ようかい》だったんじゃ——」

　隼人はかつての親友ことはるきとの記憶を手繰り寄せながら、そんなことを話す。どちらかと言えば、いつも引っ張り回され振り回された思い出ばかりだった。ロクなものじゃないだろう。だけど、確かに楽しかった記憶でもある。今だって思い返せば口元が緩んでしまう。

　ベキッ！

「——へ？」

「…………ぁ」

どうしたわけか、話すと同時に隣から何かがへし折られる音が響いてきた。皆も思わず、そちらの方に目を向けてしまう。

音の発信源は、隣の席の二階堂さんだった。

手には真ん中でポキリと折れたシャープペンシル。

本人も驚いた表情をしている。

大和撫子みたいな清楚可憐な美少女と折れたシャーペン。

そのよくわからない組み合わせに、隼人を囲む皆の意識も、質問よりそちらの方が気になってしまうのも無理はない。

「二階堂さん？」

「え、それ、どうして……？」

「大丈夫？　怪我はない？」

「あ、あはは。大丈夫、これちょっと不良品だったみたいでして」

注目を浴びた彼女は、慌てた様子で捲《まく》し立てた。顔に気まずい色を載せながら、まるで何かを誤魔化すように隼人へ質問を向けてくる。その顔は少し、批難の色を帯びていた。

「大切な友達だというのに、随分な言い方をするんですね」

「ははっ、そりゃ、大切な友達だからな」

「……へぇ、そうなんですか」

隼人ははるきのことを考えながら言葉を返す。

そして彼女は、ぷいとばかりに顔を逸《そ》らすのだった。

◇◇◇

どうやら先ほどの受け答えは拙《まず》かったらしい。

その後の授業中も、隼人は隣の席の美少女から、どこか不満気な空気を感じ取っていた。

もしかしたら勘違いかもしれない――だけど視線が合う度に目を逸らされてしまうと、その線は薄そうである。

（う、どうしたもんか……）

そんな隼人の気持ちなどお構いなしに、授業は進められていく。

当然ながら、以前の学校とは授業内容が違う。疑問はさておき、今は遅れまいと必死になって耳を傾ける。しかし、どうしようもないこともあった。

「すまん、悪いんだけど、この間のプリントって？」

「……」

教材などで、どうしても隣の席の彼女に世話にならざるを得ないこともある。嫌でも彼女を意識してしまう。

「あーその、ええっと……」

「……これです。そこからじゃ遠いでしょう、机、近付けたらどうですか？」

「あぁ、ありがと」

「いいえ」

幸いと言うべきか、なんだかんだと快く見せてもらえるので、完全に嫌われているというわけでは無いようだ。どちらかと言えば拗《す》ねているようにも見えた。

彼女のことがよくわからなかった。

（うぅ、妹《姫子》なら、甘い物でもやれば機嫌が直るんだけどな……）

田舎出身の隼人にとって同世代、それも異性となれば、妹くらいしか該当者は居ない。厳密にはもう１人妹の友達が居たのだが、どうしたわけか避けられていて交流はほぼ無い。

いくら隼人でも、さすがに妹と同列に考えてはダメだというくらいの分別はある。

ならばいっそ直接聞いた方が早いなと思い、次の休み時間になると同時に話しかけようと決意した。

「その、二階ど――」

「なぁなぁ霧島、今朝の質問の続きだけどさ」

「あーしも、ちょっと気になったところがあるんだけど！」

「向こうでのことだけどさ――」

しかしそれも、クラスメイトの質問に遮られてしまう。

学校にも慣れ始め、同じような日々に退屈を感じ始めていた彼らにとって、隼人は恰好《かっこう》の餌食と言える。それを逃す彼らではない。

「……ふぅ」

彼女はクラスメイトに揉《も》みくちゃにされている隼人を見て、どこか呆《あき》れたようなため息を吐くのだった。

質問攻めは休み時間の度に繰り返され、結局彼女と話す機会が無いままに昼休みを迎えた。

さすがに昼休みともなれば、隼人より食事の方を優先するらしい。あちらこちらでグループを作って弁当を広げる様子が確認できる。チャンスだった。

（何とか話をしないとな）

気にするほどのことではないかもしれない。だけど、何かが心に引っかかってしまっていた。できることならそれを取っ払いたいと思うし、二階堂は相当に可愛らしくもある。

隼人も健全な男子として、嫌われたくはないという思いもあった。

「二階堂さん、ちょ――」

「――すいません、二階堂さんはいますか!?」

「あ、はい。ここです」

またしても失敗してしまう。

今度は彼女の方が、小柄な女の子に呼び出されて教室を出ていった。

突き出した手と言葉が空しく宙を舞う。

そんな姿を晒《さら》した隼人に、何人かの男子生徒がニヤニヤしながら近付き肩を叩《たた》く。

「はは、早速二階堂さんに目を付けるとはやるな、転校生。気持ちはわかる」

「うんうん、あの容姿な上に気立ても良くて勉強もできる。更に運動部にだって引っ張りだこって話だ」

「今だってあれ、生徒会か部活関係の話じゃないかな？」

「俺はそういう――いやでも、凄《すご》いな」

話を聞くに、まるで絵に描いたかのような優等生ぶりだった。

なるほど、二階堂は確かに美少女だ。

しかも文武両道で、性格も見た目通り謙虚で穏やかとなれば、一体天は彼女に何物を与えているというのだろうか。都会にはそんな漫画やアニメのような人が実際にいるのだと、感心してしまう。

（同じ二階堂でもアイツとは大違いだな……て、そもそも性別からして違うか）

そんなことを思い、思わず苦笑が零《こぼ》れた。

「狙うのはいいけど、あれは高嶺《たかね》の花だぞ」

「中学の時も相当モテてたらしいが、誰一人として浮いた話が……あぁ、そういやお前、入学早々アプローチするも、まったく相手にされてなかったっけ？」

「うっせ！　とにかく転校生——霧島も変な期待をしない方がいいぞ」

「別にそういうつもりじゃ……」

案の定、相当にモテているようである。

隼人は揶揄《からか》われるものの、別に付き合いたいとかそういった感情を持ったわけではない。

確かに可愛いと思うしそれは否定しない。しかし今日見知ったばかりであり、よくわからないな、というのが素直な感想だった。

それは二階堂にとっても同じだろう。

だからこそ、余計にわからなくなってしまう。

そんな彼女がどうして、初対面のはずの自分に、不満気な空気を出して素っ気無い態度を取るのだろうか？

「うーん、わからん」

首をいくら捻《ひね》っても答えは出ない。

疑問と共に早く話をしないと、という気持ちだけが募っていくのであった。


さすがに朝から人に囲まれ続けていると、隼人も気疲れしてしまっていた。

（教室だけで、祭りの時くらいしか見ないような数なんだもんなぁ）

一応クラスの男子から早速、お昼一緒にどうだと誘われはしたものの、散策がてらに購買を探すと断りを入れて教室を抜け出した。

「うっ……」

周囲より遅れ気味にたどり着いた購買は人波のピークを迎えており、教室とは比較にならない喧騒《けんそう》と混雑具合にたじろいでしまう。

（……明日《あした》からは弁当を用意した方がいいな）

なんとか手にすることができたマーガリン付きコッペパンを見てため息を吐く。味気ないが育ち盛りにとって、ボリュームだけはあるのが幸いか。

お昼くらいは人気《ひとけ》のない所でゆっくりと食べたい――そう思った隼人は、校舎を彷徨《さまよ》い歩きながら1人になれそうな場所を探していた。

しかし、そんな場所はなかなか見当たらない。

ここなら誰もいないだろうと思い校舎の裏手の方にまで回ってみるも、そこにも知らない女子生徒がいた。

「ん、あれは……？」

立ち去ろうとしたものの、そこでひどく見慣れたものを発見する。それは都会では見かけないものであり、だからこそ強く興味を引く。

更にはそれらの前でひょこひょこと動く、癖っ毛の小柄な女子生徒は、隼人にあるものを連想させる。

だから、らしくないなと思いつつも、そこへと吸い寄せられてしまった。

「うぅ、うまく実が生《な》りません……肥料が悪いんでしょうか？　それとも――」

「それ、ズッキーニ？」

「ぴゃああっ⁉」

「あ、驚かせてごめん。でもその黄色い花、ズッキーニだよな？　隣の紫の花がナスで白い花がシシトウ……トウモロコシもあるのか」

「ふぇ!?　は、はい、そうです合ってます！」

　そこは花壇だった。

　煉瓦《れんが》で周囲を細長く囲っているが、どうしたわけか中央に向かってこんもりと土を盛られて畝《うね》が作られており、そして野菜が植えられている。

　本来隼人は初対面で、しかも女子に積極的に話しかけるような性格ではない。

　むしろどんな話をすればいいかわからず、二階堂のように話す必要性がなければ通り過ぎていたことだろう。

　だけどついつい、声を掛けてしまっていた。

「受粉してる？　ズッキーニは雌花に花粉付けてあげないと大きくならないぞ」

「え……あっ！」

「ナスも余分な花は切り落としたり、シシトウもいくつか枝を払った方が、たくさん実を付けるよ」

「はぅぅ……」

　隼人の指摘を受けた女子生徒は、慌ててスカートのポケットから手帳を取り出してパラ

パラと捲《めく》る。そして視線を花壇と手帳に行ったり来たりさせると共に、みるみる顔を赤く染めていく。

ちなみに隼人の知識は、田舎で畑を手伝っているなら子供でも知っている程度の知識である。別に自慢するほどのものではない。

「く、詳しいんですね」

「田舎でよく畑仕事を手伝っていたからな……これ、園芸部か何か？」

「は、はい、園芸部、です」

「園芸部なのに野菜？」

「その……やっぱりおかしい、ですか？」

「いや、いいんじゃないか？　トマトだって元は観賞用だったたっていうし、俺も野菜の花は好きだよ」

「……っ！」

実際、隼人にとっては花屋で見かけるような花よりも、収穫の時季を告げる野菜の花の方が馴染《なじ》み深くて好きだった。

（畑の手伝いしたら、バイト代として小遣いもらえたしな）

そんなことを思いながらふふっと笑って答えれば、その返事が女子生徒にとって意外だったのか、目をぱちくりとさせて慌てふためく。

その様子はどこか小動物じみており、ますます隼人にあるものを連想させて頬を緩ませてしまう。


「……何をしているんですか？」


突如、鈴を振るような声が、背中から聞こえた。

しかしその声色は、若干の呆れの色を含んでおり、見つめる瞳《ひとみ》もどこか冷ややかだ。

「三岳《みたけ》さん、部活棟の方に申請していた肥料が届きましたよ」

「え、あ、はい！　今行きます、ありがとうございます、二階堂さん！」

「あっ、えーとその……二階堂、さん」

話しかけてきたのは隣の席の美少女――二階堂だった。

園芸部の女子生徒は、二階堂の話を聞くや否や弾《はじ》けるようにこの場を飛び出していく。

そして２人して彼女を見送ったあと、二階堂は腰に手を当てジト目で隼人を睨《にら》みつけ、ぐぐいと顔を近付けてくる。

「ふぅん、転校初日からナンパ？　まったく、ああいう子が好みなのかな、霧島くんは！」

「い、いや、それはだな……っ」

その非常に端整な顔を近付けられると、ドキリとしてしまう。それだけじゃなく、妙な迫力もあって後ずさってしまう。

被《かぶ》っていた猫をいきなりかなぐり捨てた彼女の馴《な》れ馴れしい言葉と態度は、隼人の困惑に、より一層の拍車をかけていく。

「ナンパじゃなくてその、似てたんだ……」

「似てた？　一体どこの誰に？」

「……源《げん》じいさんとこの羊」

「あぁ、あの雑草食べてもらう為に飼い始めたけど、野菜の苗ばかりに興味もって怒られてばかりいた、あのメェメェたちに？」

「そうそう、あのクリクリってした癖っ毛とか、野菜の前でうろちょろしているところを見ているとつい……って——痛っ！」

「ぷっ……くっ……あは、あははははははっ!!」

かと思えば堰《せき》を切ったかのように笑い出し、そしてバンバンと隼人の背中を叩《たた》き始める。

「まったく、源さんの羊に似ていたから声を掛けるだなんて、ひどい奴だな、はやと」

「いててっ、ちょっとは加減してくれよ、はる……き……？」

何故か、そんな言葉が飛び出してしまった。

語尾の方は完全に疑問形だ。どうしてそんなことを口走ったのかはわからない。

隼人は混乱する頭で、まじまじと彼女を見つめてしまう。

「あ、二階堂さんこんなところに！　ちょっといいですか⁉」

そんな時だった。

彼女に用があると思《おぼ》しき女子生徒がやって来て声を掛けてくる。

「はい、なんでしょうか？」

「ちょっ、おい！」

そして二階堂は、再び猫を被りなおす。

「しーっ」

そして去り際にこちらに振り向き、内緒とばかりに唇に人差し指を当てて、悪戯《いたずら》っぽく微笑んだ。

「……なんなんだよ、一体」

様々な情報が一気に脳裏を駆け抜け、隼人の胸の内は荒れに荒れるのだった。

（はるき、か……）

隼人は午後の授業中ひたすら、彼女の——はるきのことを考えていた。

月野瀬の田舎の山奥で、野山を駆け巡り一緒になって遊んだ幼馴染《おさななじみ》。

——ああ、そういえば。


『あ、釣れた！　ボクも釣れたぞ、はやと！』

『わかった、わかったから叩くな！』


先ほどのように、春希《はるき》は興奮するとバシバシと背中を叩く悪癖があったなと思い出す。

交わす言葉のノリと当時と同じことをされれば、つい『はるき』と呼んでしまったのも無理はない。それだけ深く心に刻み込まれていることなのだから。

（……二階堂さんは、はるきなのか？）

山奥の田舎である月野瀬に相当詳しくなければ、それこそ地元の者じゃなければ、源じいさんのことなどわかりはしないだろう。

ジト目で二階堂春希を観察する。

やはりと言うべきか、どうしたって隣の席の女の子が、この清楚《せいそ》可憐《かれん》で大人しそうな女の子が、記憶の中にある猿の妖怪《ようかい》じみた幼馴染《はるき》だとはにわかに信じられない。

「……む！」

「……っ⁉」

そんな訝《いぶか》しむ隼人の視線に気付いた彼女は、千切った消しゴムをデコピンの要領でぶつけてきた。痛くはないのだが、その幼稚とも言える行動にびっくりしてしまう。

（子供か！）

二階堂はるき——春希は、そんな隼人の驚く顔を満足気に眺めたあと、鼻を鳴らして前を向く。その際にちょこっとだけ見せたピンク色の舌先が、猿の妖怪と言われたことへの抗議のように思えた。

そうこうしているうちに初日の授業が終わった。

教室は瞬く間に喧騒《けんそう》を取り戻し、学生たちは退屈から解放される。夏至の近づく6月の空はどこまでも青く、まだまだ明るいつもりだと主張している。遊びに繰り出すには絶好の天気とも言えた。

「なぁ霧島、これから皆でカラオケに行くんだけど、一緒にどうだ？」

「そうそう、歓迎会も兼ねるし奢《おご》るぞー」

「転校生がどんなの唄《うた》うか気になるなー」

「いや、俺はその――」

隼人は調子の良い、そして好奇心の強いグループに囲まれた。その中には先ほど質問攻めにしてきた顔もいくつか見える。彼らとしてはごく自然な誘いなのだろう。しかし田舎で同世代との交流が無かった隼人は、どうすれば良いのかわからず躊躇《ためら》ってしまう。

（それに、カラオケ自体行ったことないし……）

あやふやな態度でまごついていると、強引に肩に手を回され連れて行かれそうになった。

「てわけで、行くべー」

「ちょ、おいっ」

「ダメッ！」

しかし、それに待ったと鋭い声が掛かる。

「え？」

「うん？」

「二階堂、さん……？」

「…………ぁ」

彼らにしても意外な相手だったのか、彼女——二階堂春希に注目してしまう。

そして春希本人も予想外な声だったのか、驚く顔も一瞬、コホンと咳払《せきばら》いして向き直る。

「……えっと、その、こほん。ダメですよ、放課後色々案内してって頼まれているんです。ね、霧島くん？」

「そっかぁ、それじゃあ仕方ねぇな。二階堂さんが相手してくれるなんて羨《うらや》ましいぞ、この！」

「え、いや、二階堂さん……っ⁉」

言うや否や羨ましそうにする男子たちの視線を背に、春希はいきなり隼人の鞄《かばん》を掴《つか》み、強引に引っ張っていく。隼人を引っ張る力はその細腕からは信じられないほど強く、有無を言わせない。どちらかと言えば、引きずられていると言った方が良いかもしれない。

そして、そんな調子で校舎を案内するわけでもなく、昇降口に直行して校外へと連れ出された。

「おい、一体どこへ連れて行く気だ？」

「いいから、いいから！」

学校を飛び出した隼人は、春希に引っ張られる形で住宅街を小走りに進む。

傍から見れば美少女に無理矢理連行されている図である。

　さすがに情けないやら恥ずかしいやらで、隼人の顔も熱を持つ。

　だが春希はそんなの知ったことかとばかりに前を駆ける。

　しかし、かつての子供時代を彷彿《ほうふつ》とさせる構図でもあった。

（ははっ！　……まったく、変わらない、な！）

　それは隼人にとって、土手やあぜ道の代わりにアスファルトを蹴飛《けと》ばしている、ただそれだけの違いだった。

「どこに向かってるかは知らねぇけどさ、遅《おせ》ぇよ」

「むっ⁉」

　隼人はあの時と同じように、早足を競って春希を追い抜こうとする。

　するとあの時と同じように、春希も負けじと足を速める。

　隼人が前へ、春希が前へ、抜いて抜かれて全力疾走。２人の顔には不敵な笑み。互いの手は繋《つな》がれたまま。

「あはっ！」

「ははっ！」

　意味がわからなかった。

　だけど一緒に走る、ただそれだけで楽しくなった。

　かつての出来事と感情を思い起こされ、理屈を飛び越えて目の前の女の子がはるきなのだと、はっきりと認識させられる。

　昔と姿形は変わってしまっているかもしれない。だけど、確かに変わらないものがある――それがなんだか無性に嬉《うれ》しくなってしまった。

「さ、着いた。ここだよ」

「え、ここって……」

　住宅街にある、さほど珍しくもない一軒家。これといった特徴もない。

　だけどここがどこかだなんて、聞くまでもなくわかる。

　それに互いの家に遊びに行くなんて、かつてならよくあることだった。

「うん？　どうしたのさ、隼人？」

「……なんでも」

　背中まで伸びた長い髪、少し冷たい小さな手、かつてと違う綺麗《きれい》な顔立ち。

　だというのに、隼人に振り向き機嫌よさそうにケラケラ笑う顔が、今は少し恨めしい。

　しかしここで帰ってしまうと、なんだか臆《おく》して負けたような気がして――そんな幼稚じみた想いで「お邪魔します」と呟《つぶや》いた。

「おかまいなく、ってボクしかいないから、遠慮しなくていいよ」

「……マジかよ」

隼人が少し緊張気味に挨拶《あいさつ》すれば、返ってきたのはそんな、なんてことない風に言う春希の言葉だった。

今の春希の見た目は完全に清楚可憐な美少女である。

かつてのガキ大将とも言えるそのままな反応をされると色々と困ってしまう。

そんなことを思っていると、春希が突然、「あ！」と何かに気付いた様な声を上げた。

「ちょおーっとそこで待ってて！　いいから！　ね!?」

「おい！」

慌てた様子でスカートを翻しながら階段を駆け上ったと思えば、ドタバタガッシャン、騒がしい音が聞こえてきた。部屋でも片付けているのだろう。

「……ったく、どうしろと」

見知らぬ家の玄関に取り残され、思わずため息を吐いてしまう。

それだけでなく、あまりの勢いで駆け上るものだから、スカートの奥の色気もへったくれもないボクサータイプのそれがチラリと見えてしまったというのもあった。奇妙な罪悪感が隼人を苛《さいな》む。

「おまたせ！」

「……へぇ」

ややあって、息を切らせた春希に部屋に招き入れられる。大方クローゼットにでも無理矢理放り込んだだけなのだろうが、部屋は一見して整理されていた。黒やダークブラウンに統一された家具に、漫画の多い本棚にプラモデル。そして各種ゲーム機。如何《いか》にも成長したはるきらしい部屋だった。机の上に申し訳程度に置かれた鏡とコスメさえなければ、隼人の部屋とさほど変わりはないだろう。

「その辺適当に……よっと」

「おぅ。って、春希」

「うん？　隼人も遠慮せず脱いだら？　暑いでしょ、靴下」

「……そうだけどさ」

春希はクッションを投げ寄越したかと思えば、いきなり靴下を脱ぎ始めた。昔と違い、不意打ち気味に白く肉付きの良い女性らしさを感じさせられる素足が曝《さら》け出されれば、相手がはるきだとわかっていても動揺してしまうのも無理はない。

そしてドカッと勢いよくクッションに座ったかと思えば胡坐《あぐら》をかき、ぐいぐいとこちらに身を寄せられれば、どうしたって当時のはるきと重なってしまう。そして色気もどこかへと霧散してしまい、くくっっと隼人の喉《のど》奥に笑いが込み上げてきた。

しかし、そんな隼人を見る春希は、咎《とが》めるような目をしている。

「で、誰が猿の妖怪だって？」

「いや、それは……」

どうやら春希は、隼人の今朝の言葉を根に持っている様だった。

本気というだけでなく、どちらかと言えば拗《す》ねていると言った方が正しい。

だけどそのぷっくりとした唇を尖《とが》らせて、ジト目でにじり寄られれば、背筋に変な汗が流れてしまう。

「その、悪かったよ。悪かった。アレだ、〝貸し〟な。貸しにしといてくれ」

「ふーん、〝貸し〟ね。そっか、ならいいけど」

隼人の返事に満足したのか、たちまち春希はその不機嫌そうな顔を引っ込めた。そして〝貸し〟という言葉をかみしめるように呟いて、ニヤニヤしだす。

〝貸し〟、それは2人にとってお互い特別な意味を持つ。

この貸しは片方から与えられたことにするもので、借りになることは決してない。そして相殺されることもない。隼人と春希の間でだけのルールである。

「貸しかぁ、懐かしいよね。隼人はこれで一体ボクにいくつの貸しがあるかな？」

「それはこっちの台詞《せりふ》だ。春希だって俺にいくつもの貸しがあるだろ」

「あは、違いないや」

「……くくっ」

「……あはっ」

2人顔を見合わせて笑いが零《こぼ》れる。

そんな空気の中、隼人は気になっていたことを投げかけた。

「ていうか春希のそれ、反則だろう？」

「ボクの顔？」

隼人の示す先にあるのは、以前のガキ大将からは程遠い、春希の清楚可憐《せいそかれん》で大和撫子《やまとなでしこ》な姿である。残念ながら今は本性が現れ、堂々と素足を晒《さら》して胡坐という残念な姿だ。

「うーん、色々あってね。だからボクもこんな擬態をしてるってわけ」

「擬態、ねぇ。やっぱり妖《よう》か——」

「隼人ーっ！」

「はは、ごめんって。これも貸しで」

「……まったく、隼人ってば」

昔からこうした、ちょっとしたいさかいや不満、ケンカをいくつもしてきた。その度に貸しにして水に流してきた。それは思い出の積み重ねでもあった。

　それは隼人と春希の間にのみ通じる、謝罪の言葉に近い。

　またかつての続きのように、互いに貸しを積み重ねられるのだと思うと、可笑《おか》しくもあり照れ臭くもある。

　隼人はそんな気持ちを悟られるのが何だか癪《しゃく》に感じ、何か話題が無いかと部屋を見回して、懐かしいものに目を留めた。

「それ、まだあったんだ」

「ソフトもあるよ。入ったままだと思う」

「懐かしいな」

「よし、久々に対戦しよう。負けたら貸し１ね」

「安い貸しだな」

「じゃあ５本勝負で」

「オッケー」

　子供の頃によく遊んだ、２世代は古いハードのゲーム機である。キノコや亀に模したキャラの乗るカートゲームで、当時も随分熱中したものだった。

　そしてそれは、現在でも同じだった。

「え、ずるいずるい！　何でこのタイミングでそのアイテムを引くわけ!?」

「普段の俺の行いがいいからかな？」

「うそつけー、ボクを妖怪《ようかい》扱いしたくせに！」

「ははっ」

久しぶりに会ったというのに、ロクに会話もせずに肩先並べてゲームに興じる。他にも色々聞きたいことがあるはずなのに、口を開いても目の前のゲームに関することばかり。

だけどそれで十分だった。

互いに離れていた距離が埋まっていくようなものを感じていた。

気付けば初夏の日差しが傾きかけて、随分といい時間になっていることを知らせている。

「ん、そろそろ帰るわ」

「あ、うん……そっか」

楽しい時間だった。過ぎるのも早かった。

それだけに終わりとなると、一抹の寂しさを感じてしまう。

頭では理解している。

かつて、いつまでも続くと思っていた時間があった。

だけどそれは唐突に崩壊した。

春希はまるで駄々をこねる子供みたいな顔で、靴を履く隼人の背中を眺める。

その視線は隼人も感じていた。その心境も十分理解できた。自分も同じだからだ。

だから、そんな不安を振り払うかのようにつとめて明るい声を出す。

「またな」

「……ぁ」

それはいつもの別れの挨拶だった。

そこに、全ての想いが込められていた。それがわからない春希ではない。

だから春希にとっての再会の挨拶は――

「うん、またね……それから、おかえり！」

「おかえり？」

「ボクにとってはおかえりなんだよ」

「はは、なんだよそれ」

春希は、大輪の花が咲くような笑顔を見せる。それは隼人が見た、今日一番の笑顔だった。

◇◇◇

隼人の引っ越してきた場所は、春希の家からもさほど離れていない10階建てのファミリー向けマンションである。

木造平屋の一戸建て、鉄筋コンクリートの集合住宅。

不用心に開けっ放しの玄関先、オートロックが施されたエントランス。

田舎と都会、違いは多く戸惑うことも多い。まだまだ慣れるには時間がかかりそうだ。

「ただいま」

「おかえりー、おにぃ」

「……姫子《ひめこ》、色々見えてるぞ」

「んー、見たいの？」

「見たくないから言ってんだ」

「じゃあ見なきゃいいじゃん」

「……ったく」

6階にある自宅のリビングで、妹がやる気のない声で出迎えてくれた。

勝気そうな瞳《ひとみ》、明るく染めてゆるふわにパーマのかけられた髪、下品にならない程度に短くされた制服のスカート。

いかにもオシャレに気を遣う今時の女の子——それが隼人の妹、姫子である。

隼人も妹ながら結構可愛らしいとは思うのだが、今はだらしなくソファーの上で寝そべっており、短い丈のスカートも捲《めく》れ上がってしまっている。そんな非常に残念な姿を晒していた。さすがの隼人も眉《まゆ》をひそめてしまう。

（はぁ、まったく、春希といい姫子といい……）

思わず先ほどの幼馴染《おさななじみ》の姿と目の前の妹の姿を重ねて、ため息を吐いてしまう。

きっと彼女たちのこうした姿は、自分だからこそ見られるものでもあるのだろう。

そう思えば、やれやれしょうがないなと思ってしまう隼人であった。

「姫子、父さんは？」

「病院。母さんのところに寄るって」

「……そうか。夕飯は？」

「おにぃお願い。あたし今、手が離せない」

「はいはい」

姫子はせっせとスマホを弄《いじ》っていた。時折「う～ん」という唸《うな》り声が聞こえてくる。引っ越す前から田舎者だと思われたくないと、息巻いていたのを思い出す。

きっと、隼人と同じく転校生の洗礼を浴びせられたに違いない。変なボロを出さないよう、必死に色々と調べているのだろう。

「最初から田舎者だって言っておけばいいのに」

「おにぃ、うるさい！」

姫子は、ちょっと見栄《みえ》っ張りなところがあった。それで失敗したことも何度かあった。

隼人はそんな妹を眺めながら、冷蔵庫の中を確認する。

（特売の残りの豚ブロックに、白ネギ、ピーマン、白菜に椎茸《しいたけ》……）

隼人のお昼はコッペパンのみと非常に侘《わび》しいものだったので、がっつりとしたものを食べたい気分だった。

まずは豚肉を細切りにし、醤油《しょうゆ》に砂糖やみりんを加えたタレに漬けこみ、片栗粉とごま油を加えて馴染《なじ》ませる。

その間に野菜各種を刻んでいく。冷蔵庫の掃除を兼ねているので割合は結構いい加減だ。オイスターソースに豆板醤《トウバンジャン》、醤油や酒を加えた合わせ調味料を作るのも忘れない。

それらを炒《いた》め頃合いを見て合わせ調味料を投入すれば、なんちゃってチンジャオロースの完成である。ご飯にインスタントのみそ汁でも加えたら、彩り的にも悪くないだろう。

「姫子、できたぞ」

「はーい……て、うわ」

「なんだよ？」

「相変わらず、お酒のつまみみたいなものを作るのね、おにぃ」

「いやでもこれは普通の料理の範疇《はんちゅう》だろう？」

「そうですねー」

娯楽の少ない田舎では、事あるごとに誰かのところに集まっては宴会が行われていた。

隼人はその度に呼ばれておつまみを作らされると共に、小遣いももらっていたのである。

手持ちのレパートリーがそうしたものに偏ってしまうのは必然であった。

「いただきまーす」

「どうぞ」

「ん～、やっぱりご飯にも合う、やばい太っちゃう！　あ、そうそう、おにぃ知ってる？」

「うん？」

「今日学校で初めて知ったんだけどさ……この辺、コイン精米所が存在しないんだって」

「なん、だと……？」

「しかもね、10分も歩けば大体最寄り駅に行けるんだってさ」

「それ、本当に最寄り駅じゃないか！」

月野瀬の田舎とは違った都会具合に、戦慄《せんりつ》する霧島兄妹《きょうだい》。どうやら隼人だけじゃなく、妹の姫子も転校早々それらのギャップに大変な目に遭っている様だった。

「で、どうなの？」

「何が？」

「良いことあったんでしょ？」

「どうして？」

「ニヤニヤしてる」

「……へ？」

姫子に指摘され、初めて隼人は自分の頬が緩んでいることに気付く。

何だかんだと言って春希《幼馴染》との再会は、顔に表れてしまうほど嬉《うれ》しかったらしい。

だから自然と笑顔になってしまっていた。

「学校でさ、はるきに会ったんだ」

「はるちゃん……え、うそ、あのはるちゃん!?」

「何と驚け、席も隣だ」

「うわ、すご！　はるちゃん、どんな風になってた？」

「そうだな……」

隼人は今日再会した幼馴染のことを思い浮かべる。

昔はいつだって短パンにシャツに帽子、服だっていつも泥だらけで身体のあちこちに擦り傷を作り、ガキ大将や悪ガキ然とした姿。

それが今や背中まで伸びた艶《つや》やかな髪に、擦り傷どころかシミ一つない白い肌。嫋《たお》やかな印象の、一見すれば清楚可憐《せいそかれん》な大和撫子《やまとなでしこ》。

だけど悪戯《いたずら》っぽく笑う顔は、どうしたって当時のものと重なってしまっていた。

「変わってなかったよ、はるきは春希だった。早速〝貸し〟を作っちゃうくらいにな」

「へぇ、そっかぁ。あたしも会いたいなぁ」

「むしろあれは昔より力も強くなって強引になったし、猿からゴリラへと進化しているのかもしれん」

「あはは、何それ」

そしてお互いはるきの、共通のかつての幼馴染の話題に花を咲かす。色々な思い出が蘇《よみがえ》ってくる。

いくつもの貸しを作ってきた。

半分に分けたアイスの大きさが不揃《ふぞろ》いだった時。

セミ採りで捕まえた数を競った時。

今日みたいにゲームで勝負をした時。

お互いにいくつもの思い出を積み重ねてきた。
あの日。夏の終わり。
いつまでも続くと思っていた日々が崩れてしまった時。
その時に交わした小さな約束が、今も確かに息づいていた。
並んでいた背丈は頭１つ分。
繋《つな》いでいた手は一回り。
駆ける速さは同じでも、差ができてしまった歩幅。
そんな、離れていた間にできてしまった違い。
それでもきっと、気にならなくなると思えてしまう違い。
終わったと思っていた関係が、夏と共に再び始まろうとしていた。

第2話 約束

「ぎゃー、寝坊したーっ！」

早朝の霧島《きりしま》家に、絹を裂くというには程遠い、姫子《ひめこ》の叫び声が響き渡る。

隼人《はやと》はその声を聞きながら「またか……」と呟《つぶや》き、呆《あき》れた顔のまま長方形の卵焼き用フライパンで、器用に卵をひっくり返していた。

作っているのはだし巻きたまご。かつおぶしがしっかり効いた、隼人の得意料理の一つである。もちろん宴会でのお墨付きだ。冷蔵庫の掃除がてらに刻んだ水菜が入れられているのはご愛敬《あいきょう》。しかしこれはこれで食感が楽しくなるので、隼人本人は気に入っていた。

「もー、どうして起こしてくれなかったの！」

「いやだってほれ、時計」

「もう7時半回ってんじゃん！」

「余裕だろ？」

「ダッシュしても……って、そっか。そうだった」

「向こうと違って、学校近いだろ？」

寝癖がまだ付いたままの姫子は、テヘりと小さく舌を出す。

急な引っ越しに思うところはある。しかし登校時間が大幅に削減されたのは、素直に喜ばしいところだった。

「おにぃ、それなに？」

「弁当だよ。昨夜の残りにだし巻きを加えただけだけど。昨日、購買や食堂を見てちょっとな……」

「あーうん、そういうこと。で、時におにぃ様？」

「はいはい、姫子の分もあるぞ」

「さっすが、わかってる！」

隼人は昨日の人だかりに薄ら寒いものを感じていた。

全員が食べ物に向かって殺到する様はさながら合戦である。

それは都会の学生にとっては慣れたものだろう。しかし田舎者の隼人はそんな訓練を積んでいない。たまにならともかく、隼人は毎日あの戦場に突撃する勇気は持ち合わせていなかった。それはきっと妹も同じだろうと思い、予《あらかじ》め2人分用意していたのである。

隼人は割と、世話焼きなところがあった。

時間に余裕があるとはいえ、さほどゆっくりしていられるほどでもない。

手早く朝食と準備を済ませ、隼人と姫子は同時に家を出てカギをかける。

「暑い……」

「あっつ……」

そして外に出た瞬間、兄妹そろって同じ台詞《せりふ》を吐き出した。

田舎と違って剝《む》き出しの地面は無く、敷き詰められたアスファルトが熱を蓄えている。

日差しを遮る木立も皆無で、初夏の太陽がこれでもかと肌を焼く。

月野瀬《つきのせ》と違い、この街は体感温度がやたらと高い。兄妹は朝からげんなりした気分のまま通学路を歩く。

「じゃ、あたしこっちだから」

「おう」

途中で姫子と別れた隼人は、田舎の涼しさを恋しく思う。

人の多さと緑の少なさが、否応《いやおう》なしに新天地に来たことを意識させる。

望んで来たわけではない。馴染むには、まだまだ時間が掛かりそうだった。

（あ、そういえば）

田舎のことを考えていたからか、気になることを思い出す。

昨日、月野瀬のことを連想させられた、校舎の裏手にある畝《うね》の作られた花壇である。

ズッキーニの花は朝に咲く。そして昼過ぎにはもう萎《しお》れてしまう。

だから、朝の内に受粉させなければならない。

脳裏に浮かぶのは、一所懸命だけどあわあわしてばかりの女の子。

（大丈夫かな……）

校門を通り過ぎた隼人は、気付けば足が花壇へと向かっていた。


花壇のある場所は、校舎の裏手とは言え陽当たりの良い場所だ。人の通りも少なく、校内で植物を育てるには最適だろう。

遠目からでもズッキーニの大輪の黄色い花が、いくつか咲いているのが確認できた。それらの前で月野瀬の源《げん》じいの羊に似た癖っ毛の女の子が、オロオロしているのが見える。

「おはよう、どうしたんだ？」

「ぴゃあっ！　……あ、昨日の」

「花、咲いてるね。受粉は？」

「ええっと、あのその……」

「綿棒があると楽だけど」

「……無い、です」

園芸部の女の子は、恥ずかしそうに顔を赤らめ俯《うつむ》いてしまう。

どうやら調べが甘かったようだ。

このまま何もしなければズッキーニの実は大きくならないだろう。わざわざ声を掛けながら、それじゃあと去っていくほど、隼人は薄情でもない。

「あー、根元に緑色の実の元があるのが雌花、無いのが雄花だな。摘んでいい？」

「ふぇ？　は、はい、よろしくお願いします！」

「花弁は邪魔だから剝いちゃって……剝き出しになったおしべをこう、めしべに擦《こす》り付ける。わかるか？」

「や、やってみます！　こう、かな……えっとその」

「一度に全部花粉を付けるんじゃなく、おしべ１本でめしべ２つ３つくらいはできるよ」

「は、はい！」

隼人のアドバイスを受けて、彼女も受粉に取り掛かる。

畑に比べれば小さいが、花壇としては結構な大きさだ。朝のショートホームルームまでの時間は残り少ない。

少し急ぎつつも、隼人も久しぶりの農作業に心が弾む。自然と口元も緩む。

「私、野菜って勝手にできるものだと思っていました……」

「うん？」

「おしべとめしべがくっ付いて、そうした営みがあって実が生《な》って……あぁ、この子たちも生きているんだなぁって。そして私たちはそれを食べているんですね……」

「そう、か。そうだな……うん、その通りだ」

隼人にとって畑仕事は、身近にある生活の一部だった。

月野瀬は農家が多く、こうしたことなんてありふれていた。単なる作業の一つだと思ってしまっていた。

だからこそ園芸部の女子生徒の意見は新鮮で、思わず彼女の顔に見入ってしまう。

隼人の視線に気付いた彼女は、やおら顔を赤くしていったかと思えば、急に立ち上がって手をバタバタとさせて慌てだした。

「あのその変なっ……変ですよね！　おしべとめしべってそれってえっちぃ……はうぅぅ」

「ま、待て！」

「いやその、おしべとめしべのこれって子づく——きゅうぅ」

「落ち着いてくれ！」

突然の彼女の暴走に、隼人もどうしていいかわからない。

隼人には絶対的に、同世代の女子への対応力というものが欠けていた。

「おしべめしべに赤い顔の三岳《みたけ》さん……一体これは何をやってるんですか、霧島くん」

「に、二階堂《にかいどう》さん！」

「はる……二階堂っ」

そんな2人の状況にツッコミをいれるかのごとく、この場に春希《はるき》が現れた。

その瞳《ひとみ》はジト目で咎《とが》めるような色を宿している。元が美少女なだけに妙な迫力があり、隼人と園芸部の女子生徒は後ずさってしまう。

「あのえとその、私……お、おはようございます、失礼しますっ！」

「……あっ」

女子生徒はそんな空気に耐えられなくなったのか、元からいっぱいいっぱいだったことも相まって、脱兎のごとく逃げ出していった。

後に残された隼人は、むすーっとした様子の春希と2人っきりになってしまう。

「これはだな、その……」

「ふふっ、やっぱりあの子、源さんに怒られて逃げるメェメェたちに似てるね、隼人」

「……春希？」

どう言い訳しようかと思案していた隼人であったが、予想に反して春希の弾んだ声が返ってくる。その顔は悪戯《いたずら》が成功したかのような、悪ガキの顔そのものだ。

「いつから見ていた？」

「受粉の残り半分くらいから？　何してんだろうって見てたら、あの子が急に赤くなって慌てだして、これはボクが助け舟を出さなきゃと思ってさ」

「結構前からじゃねーか。見ていたのなら声を掛けてくれてもよかったのに……俺に変なこと言ったってなってているぞ、あれ」

「ボクには学校での立場とかキャラがあるからねー、しょうがないんですー」

「俺はいいのかよ」

「隼人はいいの」

春希はくるりとスカートを翻して、楽しそうな笑みを浮かべて言う。

「だって友達だもん」

「……なんだよ、それ」

無茶苦茶な理屈だった。

2人の間にくすくすという忍び笑いが流れる。

（ま、いっか）

どうしたわけか、そう思ってしまう隼人であった。

ついでとばかりに、春希と共に花壇から教室へと向かう。

いい時間になっていた。昇降口は遠く、かつてのように肩先を並べて早足気味に急ぐ。

そんな中、隼人はふと春希の視線を感じてしまい、横を見る。

「うん、何だ？」

「べっつにぃ～？　どうしてボクの方が見上げなきゃ、だなんて思ってないよ～？」

「……子供か！」

「ぷいっ」

つーんとそっぽを向き、「昔はボクの方が背が高かったのに」と呟《つぶや》く春希。

そのはるきっぽい言動に、隼人も呆《あき》れつつも、笑い混じりのため息を吐いてしまう。

昔も今も変わらぬ幼馴染《おさななじみ》。同じ過去と思い出を共有した仲。

しかし教室に足を踏み入れれば、たちまちただの冴《さ》えない転校生と優等生の高嶺《たかね》の花へと変化してしまう。

「あ、二階堂さんだ」

「よし、ここは二階堂に聞いてみよう。英語の課題なんだけどさ、この訳だけど……」

「すまん、こっちもついでに教えてくれ」

「あーしも！」

「えぇっと、わたしですか？　はい、いいですよ」

猫を被《かぶ》りなおした春希は、男女を問わずあっという間に囲まれた。一瞬にして隣の席周辺の人口が過密する。

どうやら彼らは昨日出た課題の件で、春希に聞きたいことがあるようだった。

（そういや成績優秀なんだっけか）

昨日聞いたことを思い出す。それでも押しかけているうちの何割かは、春希と話をしたいだけが理由なんじゃないか、などと考えてしまう。

きっと春希自身も、そのことはわかっているのだろう。

それでも静かに微笑み嫋《たお》やかに返事をする様は、なるほど人気があるのも頷《うなず》ける。

隣の席ではあるのだが、田舎者で人混みの苦手な隼人は、自主的に窓際の方まで避難して、人気者の幼馴染の様子を観察することにした。

（擬態、って言ってたっけか）

そんな昨日の言葉を思い出す。隼人も最初、その擬態に騙《だま》された1人だ。

もっとも騙されたからと言って、春希にどうこう言うつもりはない。

隼人にとって春希ははるきだ。

擬態にも何か理由があるのだろう。無理に聞き出す気も無い。もし必要となったら言ってくれる——そんな信頼感があった。

今はただ大変だなぁと、人に囲まれている春希の様子を眺めて苦笑いを零《こぼ》す。

「二階堂、凄《すご》い人気だろ？　あれ、いつものことなんだぜ」

「凄いな。確かに見た目は可愛いとは思わなくもないが……ええっと？」

「そういや自己紹介まだだっけ？　森《もり》だ。森伊織《いおり》。よろしくな、転校生——いや霧島」

「あぁ、よろしく、森」

話しかけてきたのは、明るく脱色した髪が特徴的な、少し軽い感じのノリの男子生徒だった。昨日積極的に質問してきた1人でもある。

森はニヤニヤした顔をしながらも隼人の隣に陣取り、一緒に春希の方へと視線を移す。

「まぁ、転校したてであの輪の中へ飛び込むにはハードルが高いわなぁ」

「俺は別にそういうのは……そっちこそ、あそこに行かなくていいのか？」

「高嶺の花だからね。そもそもオレ、彼女もいるし、観賞用って感じ？」

「なるほど？」

「オレ以外にもそういう奴、結構いるぜ？」

「へぇ」

教室を見渡せば、友人同士で会話に興じる者、せっせと課題を写す者、文庫本を開いて本の世界に没頭する者、色んな人が見てとれる。彼らも時々春希の方に視線を移すこともあるが、皆が皆、春希にべったり興味があるというわけではないようだ。

二階堂春希は特別な存在だ。

特別だからこそ、自分たちとは住む世界がかけ離れている——そう考える人も多いのだろう。隼人自身もそう考える側の1人だ。そのはずだ。そのはずなのだ。しかしどうしてか、春希を見ていると眉間《みけん》に皺《しわ》が寄ってしまう。

「……」

「……なるほど、うんうん、頑張れ霧島」

「は？　いきなり何を？」

「まぁまぁ。わかってるって」

「いや待て、何か誤解している！」

「ははっ」

何を思ったか森は、そんな隼人を揶揄《からか》うかのように茶化してきた。

神妙な気持ちになっていたのは否定できない。

7年という時間は想像以上に長い。互いに知らないことも多いだろう。だけど、あの時のように子供というわけじゃない。

(これは……やっぱり学校では関わらない方がいいか)

容姿端麗、文武両道。二階堂春希は高嶺の花で人気者。学園のアイドルのような女の子。

『擬態』をしている、と言っていた。つまり、そんな擬態《こと》をしなければならないという理由があるのだろう。それに合わせるのも、かつてと変わらぬ友人として、幼馴染としての役目に違いない。

「ふぅ……」

「霧島？」

「ん、何でもない」

「そうか？」

少し寂しい気持ちもある。

だけど隼人は自分に言い聞かせるように息を吐き出し、春希の様子を見守った。

そして訪れた昼休み。

それまでの間も、散々皆に囲まれる春希を目にしてきた。

学校に於《お》いて、隼人とは住む世界が違う。そのことを見せつけられた形だ。

「霧島くん、ちょっと付き合ってください」

「はっ……二階堂、さん？」

だから一瞬、その言葉の意味がわからなかった。

隼人は困惑しつつ春希を見つめるも、その顔は先ほどまでと同じように静かな微笑みを湛《たた》え、だけどその瞳はどこか切羽詰まった真剣みを帯びていて、無視もできそうにない。

教室がにわかに騒《ざわ》めき始めた。

二階堂春希は高嶺の花であり、その行動は皆に注目されている存在だ。

春希自身もそうあるべきと行動してきたし、その価値を正しく理解しているはずだ。

彼女から何の用件もなく男子に話しかける——それだけで周囲に様々な憶測を呼んでしまう、特別なことだった。

「二階堂さんが転校生に？」

「まさか、好みだとか……」

「いや、転校生だから何か用事があるに違いない、そうであってくれ！」

周囲から興味や妬《ねた》み混じりの視線やヒソヒソ声が聞こえてくる。

既に注目の的になっていた。もはや無かったことにするには難しい。

それは隼人も春希も、否《いや》が応でも理解させられる。

「ええっとその、アレ、アレです。アレのことです」

「アレ……？　二階堂？」

だというのに、春希は先と変わらず涼し気な顔のまま「アレ」を連呼する。まったくもってアレである。

　しかし傍から見れば、むしろ隼人が何故わからないのかと責めたてられているような構図になってしまっていた。だが隼人には、それが今まさに自分の失敗に気付き、全力で誤魔化そうとしているのだと、わかってしまう。

（そういえば……）

　かつてのことを思い出す。

　子供の頃、春希が調子に乗って牧場と畑を隔てる木柵《もくさく》に上って歩いていたら、急に壊れてしまったことがあった。

　幸いその時は近くで農作業していた大人たちのお陰で羊が逃げることもなく事なきを得た。

　木柵が腐りかけていたのが原因で、春希に責任も怪我もなかったのだが、その時の春希は自分がやらかしてしまったと思い込み、今のように『アレだよアレ、アレがああなっていてアレ……』とひたすらアレを連呼していたのだった。

澄ました顔をしているものの、隼人には今の春希は、その時のはるきと全く同じものに見えた。ついでに言えば助けを求めるような瞳《ひとみ》まであの頃と一緒である。

（……ったく）

隼人はくつくつとした込み上げる笑いを堪《こら》えながら、さてどうしたものかと言葉を選ぶ。

「あぁ、アレだな。今朝、俺が花壇で頼まれたやつ」

「っ！　そ、そう、それです。早めに済ませておきたくて……今、大丈夫ですか？」

「わかったよ」

「あ、鞄《かばん》も一緒にお願いしますね」

「へいへい」

咄嗟《とっさ》のアドリブだった。

しかしこれで、『頼まれごとを早く済ませたいから急《せ》かしている』という図に作り替えることに成功する。

周囲にも「なーんだ」「だよねー」といった安堵《あんど》の空気が広がり、興味を失っていく。

隼人から見ても春希はあからさまにホッとしたような顔をつくり、誤魔化すようにさっさと教室を出ていった。やれやれとため息を吐く隼人に、ニヤニヤした様子の森が話しかけてくる。

「役得だな、転校生」

「はは、うっせぇよ」

◇◇◇

　春希と共に向かったのは、旧校舎にある、こぢんまりとした何もない部屋だった。

　広さはおよそ教室の4分の1ほど。細長く板張りで、歴史を感じさせられるうらぶれた場所だ。しかし床はチリ一つなく、しっかりと手入れされた形跡がある。

「……ここは？」

「んー秘密基地。この辺って資料置き場にしか使われてないからさ、誰も来ないんだよね」

「基地にしては何も無さすぎだろう」

「あは、確かに。今度何か持って来よう。避難所《シエルター》も兼ねてるしね」

「避難所《シエルター》、か」

　周囲の目が無いせいか、春希は昨日の自室と同じくガキ大将モードになる。

　スカートのことなどお構いなしに、ドカリと座って胡坐《あぐら》をかく。一瞬迷いはしたものの、さすがに靴下まで脱ぐのは躊躇《ためら》ったようだった。

（これ、教室の皆には見せられないな）

隼人はこめかみを押さえつつも辺りを見渡す。

板張りの何もない小さな部屋。

秘密基地にしては寂しい場所。

喧騒《けんそう》を離れる為だけの避難所。

空き部屋にしても資材も何も置いていない、窓が付いているだけの殺風景な部屋だ。

「……どうしたんだ、ここ？」

「たまたま見つけたんだ。カギもあるよ？」

「いいのかよ」

「バレなきゃ大丈夫。隼人も座ったら？」

「ったく」

春希の前に腰を下ろした隼人は、同じく胡坐をかいて向かい合う。

「それで？　一体どういう了見だ？」

「あ、うーん……なんていうかね……」

唸《うな》りつつ、歯切れの悪い返事をする春希。何かを躊躇っているようだ。

先ほど春希は隼人を誘った。

　普段の仮面を装いつつも、軽率な行動とも言えた。しかし、何かを強く訴えてくる瞳が、強く印象に残っている。それほどまでに何か言いたいことがあるのだろう。

「笑わない？」

「ものによる」

「笑ったら貸しだよ」

「あぁ」

　春希の真剣な目が隼人を捉《とら》える。隼人もその想いを受け止めようと向き直る。

「実はボク…………友達とお昼を食べるのが夢だったんだ」

「…………は？」

　思わず間抜けな声が出た。

　それを呆《あき》れられたと勘違いした春希は、柳眉《りゅうび》を吊《つ》り上げて抗議する。

「もう！　ボクにとってはすっごく重要なことなんだよ！　ボクってほらさ、あんなだから……誰かと食べるとかで揉《も》め事とか起きちゃったこともあったし……だからずぅ～っと1人だったから、その……」

「…………」

　最後の方は消え入りそうになっていた。

春希の言ったことは容易に想像できる。

先ほどまでの教室での光景と、避難所《シエルター》と呼んだこの空き部屋。

きっと、そういうことなのだろう。

この部屋でずっと1人でお昼を過ごしてきたかと思うと胸が痛む。

（まったく……っ！）

隼人はその痛みを誤魔化すようにボリボリと頭を掻《か》き、鞄から弁当を取り出した。

「そうか、ならこれからは毎日夢が叶《かな》ってしまうな」

「隼人……」

「違うのか？」

「ううん、違わない。じゃあこれはボクからの貸しってことで！」

「安い貸しだな」

「あは、じゃあ10回で貸し1つにしよう」

「それだと春希の貸しが貯まる一方だろ……特に用事が無ければ昼はここに集合、そういう約束でどうだ？」

「約束……そっか、約束……うん、約束だよ、隼人！」

「お、おう」

春希はきょとんとした様子で目をぱちくりさせたかと思うと一転、子供のように無邪気な笑顔を咲かせた。感情を抑えきれないのか、興奮気味の春希は額がくっつきそうなほど隼人の下へと詰め寄ってくる。

（ち、近すぎるだろ！）

見た目は美少女の春希である。それは隼人も認めざるを得ない事実だ。

そんな春希が、他の人には絶対見せないであろう満面の笑みを、こうまで近付けられてしまうとドキドキしてしまうのは仕方ないことだろう。

隼人はそんな胸中が春希に知られてしまうのは、なんだか悔しい気がした。

「離れろって」

「あ、ごめんごめん」

だから多少強引に春希を押しのけると、ぶっきら棒に右手の小指を差し出した。

自分でも子供っぽいことをしているなという自覚があった。

「約束、な」

「うん、約束。えへっ」

絡まる小指。些細《ささい》な秘密の約束。互いに零《こぼ》れる笑い声。

また１つ、あの時のように、２人の間に思い出が生まれるのだった。

第3話 ありふれた食卓

霧島《きりしま》家は先日引っ越したばかりである。

食器や夏の衣類、それに筆記用具やノート、教科書といった教材。それら生活に必要最低限のものは荷ほどきしてあるが、まだまだ開けていないものも多い。隼人《はやと》の部屋にもいくつかの段ボールの山が築かれていた。

「さて、やるか」

隼人は帰宅後、着替えもそこそこに開封仕分け作業に没頭する。数日の間はこれらの整理整頓《せいとん》に追われることになるだろう。無駄に広かった月野瀬《つきのせ》の田舎の家と違い、スペースの限られる３ＬＤＫのマンションは、なかなかに隼人の頭を悩ませる。

「おにぃ居る？　入るよ」

「うん？」

返事を待たず、姫子《ひめこ》が部屋に入ってくる。制服姿のままで片手にはスマホ。

「連絡、お父さんから。今日もお母さんのとこ行くって」

「夕飯は要らない感じか」

「うん、そう。おにぃもいい加減スマホ買えば？　あたし、連絡係になってんじゃん」

「はは、悪《わり》ぃ悪ぃ」

「もう……っ！」

隼人は姫子の呆れ声を背中で聞き流しつつ、冷蔵庫に向かった。

昨日、今朝と大掃除とばかりに食材を使ったので、中身は寂しいものである。

「空だな……冷凍で何かあったっけ」

「ね、おにぃ」

「うん？」

ふと、シャツの背中が引っ張られた。

どうしたことかと振り返れば、何かを堪えるかのような、少し憂いを帯びた姫子の顔が飛び込んできた。あの時を彷彿《ほうふつ》とさせる顔だった。

しかし姫子は、つとめて明るい声で隼人におねだりする。

「あたしさ、今日はすっごくおにぃのよくばりハンバーグ食べたい気分なんだ」

「……あれ、すっごく手間がかかるぞ。買い物にも行かなきゃなんないし」

「わかってる。あたしも手伝うからさ、ね？」

「ったく」

妹にそんな顔で頼みごとをされれば、隼人には断れるはずもなかった。

早く行こうと急《せ》かす姫子の手には、既に家計用の財布が握りしめられている。

どうやら一緒に行くつもりらしい。１人にはなりたくないようだ。

隼人はそんな妹の頭を、少し乱暴気味にかき混ぜた。

「ちょ、いきなり何すんのさ！　髪がぐちゃぐちゃになっちゃう！」

「大丈夫だ。その為の転院のはず、だろう？」

「ぁ…………ぅん…………」

「さ、陽が暮れる前に早く行こう。俺まだスーパーの位置ってあやふやなんだよな」

「もぅ、おにぃはしょうがないんだから」

隼人もつとめて明るい声を出す。

家を出た姫子は不安を振り切るように、自然と早足になり、隼人を引っ張る形で前を行くのだった。


近所にあるのは、いたって普通のスーパーである。

様々な野菜に、肉や魚といった生鮮食品。牛乳をはじめたくさんの種類の飲み物に調味料。色とりどりの菓子類にちょっとした雑貨。特筆すべきことの無いスーパーだ。

しかし、霧島兄妹《きょうだい》にとっては違った。

２人の近所での買い物と言えば、半ば趣味でやっている古くて雑多な個人商店に、農協の購買部、少し足を伸ばした先にある道の駅くらいしか知らない。隼人と姫子にとって様々なものが一堂に会しているスーパーは、さながら食品のアミューズメントパークじみていた。

「え、総菜コーナー……あんなに手間のかかるコロッケが1こ38円!?」

「おにぃ見て！　冷凍なのにワッフルとケーキがあるよ！」

「パスタの種類がいっぱいありすぎて違いがわかんねぇ……」

「ど、ドレッシングの種類もいっぱいで、何がなんだかわかんないよ……っ！」

隼人と姫子は無駄遣いしないよう自制心を働かせるのに苦心する。この日、買い出しでお菓子は一度に２００円までという霧島家ルールが制定されるのだった。

買い物から戻れば、すっかり陽は落ちていた。

灯《あか》りをつけて早速とばかりに調理を開始する。

「姫子は野菜をみじん切りにしてくれ。俺はキノコの方に取り掛かるから」

「りょーかい。それにしても、こっちって野菜あんなに高いんだね……これじゃ本当によくばりハンバーグだよ」

「ははっ、月野瀬だとキノコも野菜も食べきれないほど近所からもらってたからな」

よくばりハンバーグとは、たっぷり野菜でかさ増ししたハンバーグのことである。

タネには玉ねぎの他、キャベツとナスが入れられており、それぞれ野菜の甘みとひき肉の脂を吸わせて肉の旨《うま》さを引き立てている。昔はそれこそ頂き物の野菜をなんでもかんでも入れていたが、試行錯誤の末にこれらがレギュラー入りを果たしていた。

それにかけるのは、椎茸《しいたけ》、しめじ、舞茸《まいたけ》、えのき、エリンギといった様々なキノコを、醤油《しょうゆ》とみりん、砂糖で煮詰め、水溶き片栗粉でとろみをつけた和風キノコソースになる。ハンバーグだけでなく白身魚やオムライス、パスタのソースにもよく合うので、多めに作って残りはプラスチック容器に詰めて冷蔵庫行き。

野菜の切れ端などをもったいないとばかりにみそ汁に入れれば、夕食の完成になった。

「いただきまーす……んん～、熱っ！　おにぃ、水！」

「はいはい、何やってんだ……」

夕食ができた頃には、20時を大きく過ぎていた。

隼人は急いで食べて熱いと騒ぐ姫子に、しょうがないなとため息を吐きつつ水を出す。だけどおいしそうに食べる姫子の姿に頬も緩む。濃いめの味付けのよくばりハンバーグは、空腹も相まって、非常に白米がよく進んだ。

「やっぱりおにぃのソースはお酒に合いそうな味付けだね」

「姫子、酒なんて飲んだことないだろ。ま、辛口の焼酎《しょうちゅう》によく合うってお墨付きはもらってるけどな」

「ふひひ。ま、おいしいよ」

「そっか」

「……おにぃが初めて作ったのってさ、このよくばりハンバーグだったっけ。あたしにとっても思い出の味っていうか……なんていうかさ、随分と料理が上手《うま》くなったよね」

「……そうだな」

「てわけで、これからもよろしくね、おにぃ」

「姫子も覚えろよ」

「冷凍やインスタントならばっちり！」

「……ったく」

隼人と姫子。兄と妹。明るい声の2人だけの食卓。2人では広すぎる食卓。少し寂し気に感じてしまうそれは、しかし2人にとってはひどくありふれた光景でもあった。

第4話 慣れないこと、苦手なこと

転校したての隼人《はやと》にはまだまだ慣れないことも多い。

月野瀬《つきのせ》の田舎と違って登校中にトラクターとすれ違うこともなければ、校庭に鹿や猪がやってくることもない。教室だって満席だ。

それは、体育の授業に於《お》いても同じだった。

「ボールそっちに行ったぞ！」

「うそだろ、そこから間に合うのかよ！」

「でもフェイントには面白いほど引っかかるけどな！」

「……くっ！」

この日は隣のクラスと合同で、男女別でいくつかのグループを作り、各種球技が行われていた。

ちなみに隼人のグループはサッカーである。

田舎の畑仕事で鍛えられた身体能力は同世代の中でも抜きん出ており、周囲を大きく驚かせた。

そしてあらゆるフェイントやテクニックに面白いほど翻弄《ほんろう》される姿を晒《さら》し、周囲を二重に驚かせる。

周囲はそんな転校生を、笑いと共に温かく迎え入れるのであった。

「おつかれ、霧島《きりしま》。まぁそのなんだ、色々凄《すご》いな、お前……くくっ！」

「うるせぇ、今日が初めてだったんだよ、森《もり》。月野瀬《むこう》じゃ球技できるほど人が居なかったんだよ……」

「ははぁ、なるほどそれで……うん？」

「うん？　なんだあれ？」

わああぁぁっという、突如大きな歓声が、体育館の方から聞こえてきた。

グラウンドに体育館、そのスペースは有限だ。全員が一度に試合を行うことはできず、半数は見学となる。その見学のハズの大半が体育館に群がっているようだった。

祭りの山車《だし》に集まる数以上の人が、一体何を見ているのかと、隼人の興味を強く引く。

「あぁ、勝利の女神が降臨したか」

「勝利の女神？」

隼人は森に促されるまま体育館に向かう。

そこには宙空を翔《か》ける女神のような——隼人主観によれば猿がいた。

「どうしてそこにいるの⁉」

「滞空時間長すぎ、本当に飛んでるんじゃ⁉」

「ボールはなるべく二階堂《にかいどう》さんに回して！」

「あれって、マークが常に３人はついてるよね⁉」

それは女子のバスケの試合だった。

１人の少女を中心として攻防目まぐるしく変わる様相は、手に汗を握ってしまう。

彼女はボールと共にコート内を縦横無尽に翔け回り、ひとところに落ち着いていない。

人間離れした脚力と体力で相手チームを翻弄する様は、まるで木から木へと飛び移る猿さながら。

この試合の面白いところは、春希《はるき》だけが目立っているわけじゃないというところだ。

聞こえてくる声援を拾うと、どうやら相手は万年１回戦敗退の弱小とはいえ、半数を女子バスケ部員で固めているらしい。春希の活躍が目立つ分、それを押さえ込み一進一退の試合を展開させる彼女たちのチームプレイの巧みさが際立っていた。

思わず見入ってしまう——そんな試合だった。

そして隼人にはこの試合に強烈な既視感があった。

（魅せプ……あいつ、遊んでるな）

春希は昔からゲームだけでなく、川に飛び込む時、塀を飛び越える時、拾った棒を振り回す時、妙に恰好《かっこう》を付ける癖があった。

今だって相手のチームが息を相当荒らげているにもかかわらず、春希には余裕があるのか涼しげな顔。思わず眉間《みけん》に皺《しわ》が寄り、変なため息が出てしまう。

「はぁ……やっぱり二階堂は凄いよな、霧島」

「はぁ……そうだな、全くもって凄いと思うよ、森」

「バスケもそうだけど、アレも凄いよな」

「アレ？」

どういう意味だと森の顔を見てみれば、締まりのないだらしない顔を晒していた。

ちょっと視線をずらしてみれば、似たような表情の男子が溢《あふ》れている。

訝《いぶか》し気に彼らの視線を辿《たど》っていけば、ある一点に行きついてしまう。

「っ!?」

「な、すごいだろ？」

「や、な、あの、その」

春希の胸だった。おっぱいだった。

周囲と比べて特別大きいというわけではない。

しかしコートを所狭しと翔け回る春希の運動量は、他の追随を許さない。

ばいんばいんと縦に揺れ、ゆさゆさゆさっと横に行く。時にボールと共にフェイントをかけながら、ぐいんと大きく弧を描く。

「あれはまさにアートやでぇ」

森の感心したように囁《ささや》く言葉に、まるで同意するかのようにゴクリと喉《のど》を鳴らす。

大きさこそは標準レベルかそれ以下だが、しなやかに健康的に動くそれは、十分に異性を意識させられるものである。

（おいおいダメだろ、相手は春希だぞ⁉）

頭では必死にそう自分に言い聞かせるのだが、悲しいかな隼人も思春期男子、一度そのことに気付いてしまうと、どうしたってチラチラと見てしまう。注目しようとして——

「——」

「っ！」

その時、突如シュートを決めた春希が、隼人の視線に気付く。一瞬だけ、『どんなもんよ！』と言いたげなドヤ顔で微笑んだ。余りに絶妙なタイミングであった。

（見てたのバレた⁉　いやバレてないよな⁉）

そんな相反する考えがぐるぐると頭の中を駆け巡り、どんどん顔は熱くなっていく。

この場に居るのは限界だった。

「ん、どこに行くんだ霧島？」

「あーそのほら、俺、田舎者だからさ、人混みに酔っちゃって」

「そうか、もったいねぇ」

「は、ははっ……」

ふらふらと体育館を後にする。暑さのせいもあって、頭が茹《ゆ》で上がっているようだった。

冷えろとばかりに、蛇口の下に頭をすべらせ栓を捻《ひね》る。

水音に交じって相変わらずの歓声が背中を叩《たた》く。

それがなんだか、苛立《いらだ》ちにも似た感情を刺激していた。

「あぁ、くそっ！」

春希に振り回されているのは確かだった。やけくそ気味に水を被《かぶ》り続ける。

まだまだ慣れないことが多いようだ。

昼休み。例の秘密基地。

春希はドヤ顔で、先のバスケの試合のことを誇っていた。

「どうだった、ボクの活躍は？　ボクもなかなかにやるもんでしょ！」

「……そうだな」

対する隼人は、ブスーッとした表情で聞き流しているかのような態度である。

実は春希は、隼人がサッカーで面白いくらいフェイントやテクニックに翻弄されているところをしっかりと観察していたのだった。そのこともあって、だから隼人は悔しいからそんな態度を取っているのだと思い、ますます得意げな顔になって増長していく。

しかし隼人の事情は違う。何かの切っ掛けで先ほどのことを思い出すと、春希を強く異性と意識してしまいそうになっていた。

「で」

「で？」

「試合、どうだった？　俺、最後まで見てなくて」

「惜しかったけど敗けちゃった。隼人はどっちを応援した？」

「……」

「……」

質問に質問で返されてしまう。その悪戯《いたずら》っぽい顔は、明らかに隼人を揶揄《からか》って遊んでいるのがわかる。

今の春希は体育で身体が火照っているのか、靴下どころかサマーニットまで脱いでおり、ブラウスの胸元も緩めてパタパタと手で風を送り込んでいる。

ある意味煽情《せんじょう》的な姿ではあるのだが、同時に他の誰かに見せられないような残念な姿でもある。隼人の前でだけ見せる姿だった。

（ま、春希らしいか）

そう思うと、なんだか意識するのがバカバカしくなっていた。

眉間の皺もほぐされていく。

「もう、聞いてる？」

「はいはい、俺の負けだ、負ーけ。春希には敵わねぇよ」

「お、やっと認めたね。これはもうボクに貸し1でいいんじゃないかな？」

「何の貸しだ」

「どっちが皆を盛り上げたか勝負？」

「盛り上げって……ったく、大した役者だよ」

「…………………………役者、か」

「……春希？」

突然、春希の纏《まと》う空気が変わった。

先ほどまでのはしゃぐような軽さは吹き飛び、重々しいものに取って代わられる。

その顔は笑みを浮かべているものの、何かの痛みを堪《こら》えるかのように沈痛だ。見ている方が心苦しくなる。

隼人はどうしてこうなったかはわからない。ただ事実として、何かの地雷を踏み抜いたのだと理解し、動揺してしまう。

「……隼人ってさ、ボクと全然違うよね」

「なっ、ちょっ、春希!?」

ふと、浮かべる笑みの質を変えたかと思うと、まるで獲物を狙う獣のように四つん這《ば》いになって隼人の下へとにじり寄る。

そして、トンと隼人の胸に手を置いたかと思うと、何かを確認するかのように艶《なま》めかしく指を動かした。

「ここ、すっごく硬いね……筋肉かな、鍛えてる？　それとも男の子だから？　昔はボクとそんなに変わらなかったのにね」

「や、やめてくれ春希……っ！」

「どうして？」

「ど、どうもこうもないだろう……っ！」

隼人の顔は、春希の指先のせいで真っ赤になっていた。

そのしなやかで柔らかい指は、それぞれが意思をもっているかのように独立した動きで胸をなぞり、時にシャツの間から中に侵入して素肌をまさぐる。

未知の刺激を与えてくる幼《おさな》馴《な》染《じみ》の指の動きに、隼人はもはや耐えられようはずがなかった。

「くすぐったいんだよ、やめてくれ！」

「あんっ！」

春希を強引に引きはがした隼人は、目に涙を浮かべながら恨みがましくねめつける。

その春希はと言えば、大きく目を2～3回ぱちくりさせたと思ったら、プフッと笑いを噴出した。

「あは、ごめんごめん！　そんなにくすぐったかったんだ？」

「勘弁してくれ」

「だって、ねぇ……隼人はさ、こうやって演技して皆を騙《だま》してることをさ、どう思う？」

「どうも。春希だなぁって思うだけだ」

「……そっか」

そう言って目を細めた春希は、この話はもうお終《しま》いとばかりにお昼を取り出した。

いつもと同じゼリー飲料と、今日はおにぎりのようである。ここ最近観察したところ、どうやらサンドイッチとローテーションらしい。

それに倣って、隼人も弁当を取り出した。

「そうだ、お詫《わ》びに一口分けてあげようか？　ゼリー飲料がいい？　それともおにぎり？」

「要らねぇよ、自分のあるし。春希、それいつも飲んでるな？」

「手軽に栄養補給できるしねー」

「コンビニか？」

「うん、毎朝寄ってる。そういや隼人っていつもお弁当……て、うわ、なにそれ!?」

「何って……ライスコロッケだが」

隼人の弁当の中には、握りこぶし大のライスコロッケばかりが4こ鎮座していた。他におかずは何もなく、春希が驚くのも無理はない。ただ、ボリュームだけはありそうだ。

これは、今日は体育があるからと前日から仕込んでいたものである。

みじん切りにした玉ねぎ、ナス、そして一口大に切ったベーコンを炒《いた》め、余った冷や飯を入れて塩コショウとケチャップで味を調えていく。ラップを使って茶巾絞《ちゃきんしぼ》りの要領で成形し、中にチーズを入れるのも忘れない。

小麦粉、溶き卵、パン粉の順番で化粧を施し、サラダ油が浸る程度のフライパンの上で転がして揚げれば完成である。

ちなみに姫子《ひめこ》には「お米で揚げ物なんてカロリーが！　あたしを太らせる気!?」とお叱りを受けていたりした。姫子はそう言ったものの、ちゃっかり3個持っていっていたりもする。

「そのおにぎり半分とトレードしようか？」

「いいの!?」

「ほれ」

「じゃあボクも」

蓋《ふた》の上にライスコロッケを置いて差し出せば、代わりとばかりに空いたスペースにおにぎりを詰め込まれた。

「あ、お箸《はし》」

「いいよ、手摑《てづか》みで……ん～～～、んまっ！　濃いめの味付けが体育後にはたまらないし、チーズもいいね！　これ、どこのやつ？　冷凍？」

「俺が作った」

「隼人が!?」

「なんだよ、意外か？」

「うん……」

またも驚いた顔を作った春希は、まじまじと隼人の顔を観察する。その目は、ちょっと信じられないなと言いたそうな色だった。

「もしかして今までのお弁当も隼人が？」

「おう、俺だ」

「……やっぱり7年って、すっごく長い時間なんだね」

「春希――」

どこか困った様な笑顔でそう呟《つぶや》く。

隼人はそんな春希に何か言おうとしたけれど――しかし言葉が何も出てこず、息を詰まらせてしまう。

「ん、早く食べちゃおう。お昼、終わっちゃう」

「そう、だな……」

しかしそれも一瞬の出来事、すぐさま元の、悪戯っぽい人好きのする笑顔に戻っていた。

何かが心に引っかかり、誤魔化すように窓の外を見る。

初夏の空は、憎らしいくらい真っ青だった。

◇◇◇

引っ越してきて以来、色々と慣れぬことに戸惑うことが多い隼人であるが、どうやら世の中にはいつまで経っても慣れないというものがあるらしい。

（あれは……）

その日の放課後、春希はきゃいきゃいと騒ぐ女子のグループに捕まっていた。

「ねね、今ドラマでやってる十年の孤独、見てる？」

「見てる見てる！　女優の田倉《たくら》真央《まお》ってうちらの親世代って信じられないよね」

「どう見てもお姉さんって感じで……そういやさ、近くで撮影してるんだっけ？」

「うそーっ!?　あ、そういえばうちのクラスの鶴見《つるみ》さんがＤ組の金宮《かねみや》くんにドラマ撮影どうこう言いながら誘ってた気がする！」

「ちょっとまって！　あの２人最近仲良かったけど、そういうこと!?」

「うひゃー、これはこれは。ね、二階堂さんはどう思う？」

「あのその、私は……」

どうやら話題のドラマの話からどこそこの誰と誰との関係が怪しいなどといった恋バナ

に巻き込まれているようだ。

それだけならさして珍しい話というわけではないのだが、どうにも春希の様子がおかしい。いつものように静かな笑みを浮かべて相槌《あいづち》を打っているがしかし、どこか居心地悪そうにしている。

隼人は、春希ってあの手の話が苦手そうだなと、くつくつと喉《のど》を鳴らしながら観察する。

そんな揶揄《からか》い混じりの目で見ていると妙に春希の顔色が悪いことに気付いた。青褪《あおざ》めていると言っていい。わけがわからなかった。かといって別に体調が悪いというわけでも無さそうである。その些細《ささい》な変化は隼人だからこそ気付けたものだった。

何が春希をそうさせているのかはわからない。しかし気付いた以上は無視することもできない。

「二階堂、ほら廊下、何か呼ばれているぞ」

「……え？」

「よほど慌ててたのか、資料置き場の方を指して去っていったぞ。急いだ方がいいんじゃないか？」

「……あ、はい！　そうですね！」

そう言って隼人が意味ありげに片目を瞑《つむ》れば、色々察した春希は慌てて荷物を纏めて席を立つ。

「すいません、用事ができましたのでこれで！」

二階堂春希は優等生だ。誰かに何かを頼まれるのは珍しいことではない。

事実、春希を囲んでいた女子たちも別段気にすることなく「じゃあね～」「頑張って～」といった声を掛けて見送っている。それらを見て隼人も席を立ち、旧校舎資料置き場にある一室、秘密基地へと向かっていった。

「助かったよ、隼人」

「別に」

隼人が少し遅れて顔を出せば、壁際でぐったりとした様子で膝《ひざ》を抱える春希の姿が出迎えた。どうやら正しく隼人の意図を汲《く》み取ってくれたらしい。

春希はぺしぺしと自分の隣の床を叩《たた》く。確かに手伝いという体《てい》で抜け出してきたのだ、すぐさま帰るわけにもいかないだろう。

隼人はこのまま春希を1人にするのは気が引けることもあり、隣に座る。それを抜きにしても、どこか弱ったような顔を見せる春希を放っておけるはずもない。

そして隼人が座ると同時に、春希はこれ見よがしに大きなため息を吐いた。

「はぁ、どうして女子ってこう、誰が惚《ほ》れた腫《は》れたとかいう話が好きなんだろうね……」

「そりゃ、女子だからじゃないのか？　姫子もそういう番組に齧《かじ》り付いてるし」

「あはは、ひめちゃんもかぁ。ボクとしてはどの男優と女優の相性よりもどのキャラと機体の相性とかの話の方が好きだし、どの組の誰と誰の関係が怪しいとかよりも、あのゲームプロデューサーが新規で人員募集していたり開発班が異動して動きが怪しいといった話の方が好き、なんだけど……」

「……なんだけど？　そういう話が好きそうなやつもいるんじゃないのか？」

「あはは、そういうの好きなのって大抵男子でしょ？　そのね、中学のころ変な勘違いさせちゃったというか、その……」

「……ぶふっ！」

「は、隼人ーっ!?　もう、他人事《ひとごと》だと思って！　それ以来、話しかける相手にも気を遣うようになったんだからね！」

「ごめ、いて、って背中叩きすぎ！　……そうか、モテる二階堂さんも大変なんだな」

「……そうだよ、大変だよ」

　春希は抱えた膝に顔を埋《うず》め、その声色に影を落とす。

　あまりに真剣みを帯びたその呟きに、隼人は揶揄うのも躊躇《ためら》われ何も言えなくなってしまう。

そして春希はいっそう怨嗟《えんさ》と嫌悪の色を滲《にじ》ませながらその心情を吐露する。

「ボクは恋バナが苦手だ」

「……」

誰に聞かせるというわけでもなく独り言つ。

それは今の春希を形作っているものの感情の発露だった。それでいてどこか寂しそうにしている顔を見せられれば、隼人はこの親友に何かを言わねばという想いが募り言葉を探すが——空白の7年という靄《もや》が邪魔をして見つけられない。

『そうか』、という一言で聞き流すこともできた。

しかし隼人にとってその迷子にも似た顔は、かつての——の時の姫子と重なってしまい、気付けば半ば衝動的に春希の頭に手を乗せ乱暴にかき混ぜてしまっていた。

「うわっぷ！　隼人、いきなり何すんのさ!?」

「……あーすまん。姫子ならいつもこれで誤魔化されてくれるから、つい」

「もう、頭ぐちゃぐちゃ！　この髪セットするのって、すっごく手間なんだからね！」

「悪かったって」

「…………ぁ」

春希の抗議を受けて隼人は慌てて手を離した。だというのに、それと同時に春希は甘えるような切ない声を漏らし、隼人を見上げてくる。

「……ぼ、ボクはひめちゃんと違うんだからね。誤魔化されてあげないんだから……」

「っ、と言われてもな……」

隼人は自然と上目遣いになった春希と見つめ合う形となってしまった。

その体勢は春希が意図したものではなく、7年の間にできてしまった男女の差というべきものによる偶然の産物である。しかし隼人はその潤んだ瞳《ひとみ》に吸い寄せられるように見入ってしまう。

至近距離で見せられる幼いころの面影を残した大きな瞳、ぷっくりとした唇から漏れる息遣い、幼馴染《おさななじみ》という贔屓目《ひいきめ》を差し引いても整っているとわからせられる顔立ちにドキリとしてしまう。

慌てて目を逸《そ》らすも、目端には自分と違って触れれば壊れてしまいそうな細い肩と、女子特有の平均よりは少し控えめな膨らみが自己主張している。

それらが嫌でも隼人に春希が異性なのだということを、意識させていく。

思わずごくりと喉が鳴る。

（あれ、もしかして春希って可愛いのか……？）

春希と視線が絡み合う。隼人は自分でも不埒《ふらち》なことと理解しつつも、一度離した手を伸ばしていった——時のことだった。

「一体こんなところに何があるって言うんだ？」

「あの、少しばかり先輩にお願いがありまして」

「「——ッ!?」」

窓の外から一組の男女の声が聞こえてくる。思わず隼人と春希は互いに身体を固まらせてしまう。

「ったく、今度は何を貸してほしいんだ？　この間の漫画の続きは最新刊だから無理だぞ。お金と言われても金欠だし……あ、貸しっぱなしだったソフト返——」

「せ、先輩の人生をこれからずっと貸してください……っ！」

「オレの……って、んんーっ!?」

「ん、んん……んぅ、んっ……」

「んんん……っぷは！　お、おま、ちょ、いきなり何を……っ！　思いっきり歯がぶつかったというかっ！」

「す、すいませんっ！　だ、だってわたし初めてでっ！」

「そ、それはオレもというかっ……」

「あ、先輩も初めてだったんだ、よかった……ていうかですね、その、好き、です……」

「……っ!?　あ、いや、その……って、お前はいつもいきなりす、ぎ……」

「先輩……」

「……ん」

資料置き場にもなっている秘密基地のある旧校舎は人気《ひとけ》が無い。

となれば、彼らのような者たちの告白スポットとなるのも必然と言える。

「「……」」

隼人と春希は窓の外から聞こえてくる、くぐもった仲睦《なかむつ》まじい声を聴きながら、顔を真っ赤にして息をひそめていた。互いにどうしていいかわからない。そのくせ外から聞こえてくる状況と自分たちを比べてしまう。

２人の間に流れる空気は、何とも気まずいものであった。

「えへっ、せーんぱいっ！」

「お、おい、歩きにくいってば！」

そして外の彼らが去っていくと同時に、隼人と春希は弾《はじ》かれたように身を離し、そして互いにそっぽを向いた。

「い、いやぁ、その、アレだな、アレだったな！」

「う、うん、そうだね、アレだね、アレ！」

彼らが作り出した空気のお陰で、どうしてもそわそわしてしまい落ち着かない。

２人して無意味だとわかっていても、自分のカバンの中身をひっくり返しては丁寧に詰めるというよくわからない作業を繰り返す。

そして幾分か時間が過ぎ少し落ち着いたころ、春希はしみじみと呟《つぶや》くのだった。

「……ボク、やっぱり恋バナは苦手だ」

「……奇遇だな、俺もだ」

お互い顔を見合わせ、苦笑し合うのだった。

第5話 隼人のアホーッ！

ある日の放課後、最寄りのスーパー。

そこで隼人《はやと》は最近聞きなれつつある、鈴を振るような声を聞いた。

「あ」

「……よ、よぅ」

口から漏れるのは、バツが悪そうな返事。

それもそのはず、隼人は見られたくない姿を晒《さら》していた。

文具や玩具《がんぐ》を扱うコーナーの一画で腰をかがめ、一心不乱に物色している姿である。

「……食玩《しょくがん》？」

「いやその、これはだな……」

それはもう、じっくりと吟味していた。

1つ1つを手に取って目当てのモノが入っているかどうか振ってみたり、箱の上から何かわからないかと指で押してみたりと、どこからどう見てもガチの様相である。

そして、こんな面白いものを見逃す春希《はるき》でもない。彼女は面白いおもちゃを見つけた子供のようにいい笑顔を作る。慌てるのは隼人だった。

「こ、こんなとこで奇遇だな！　学校の外で出くわすなんて変な感じというか、制服姿ってことは学校帰りか？」

「ふぅん、恐竜の化石と鉱物の原石ね……そういや隼人って変わった石とか集めるの好きだったっけ」

「そ、そうだ、買い物が途中だった！　いやぁ、早く買って帰らないとな！」

「ボク、昭和の駄菓子屋シリーズでジオラマ作ったよ」

「…………………マジ？」

「うん、マジ。これ見て」

そう言って春希はスマホの画面を見せつける。

木造の掘っ立て小屋みたいな小さな店にコーラの看板が掲げられ、それらしい駄菓子だけではなく、自販機、ガチャガチャ、アイスクリーム冷凍庫に虫取り網までが置かれている。

まさにザ・昭和レトロといった感じの駄菓子屋の画がそこにあった。

「って、これ村尾《むらお》のばーちゃんの店じゃん！」

「そそ、思い出しながら作ったんだよね」

「凄《すご》いな、地面とか木とかまで……一体どうやって？」

「百均。板に石粉ねんどにカラーパウダーといった材料からボンドにテープや筆といった道具まで全部揃《そろ》うよ」

「すげぇ、百均！　本当にあるのか、都市伝説じゃなかったんだ！」

「駅前のビルにも……って驚くのそっち!?」

「いやその……うん、でも本当に食玩でこういうの作れるんだ……」

「苦労したよ～アイスクリーム冷凍庫が欲しいのにさ、ひたすらベンチばかりが溜《た》まっていって……うふふ……確率って何だろうってどれだけ考えたことか……」

「あのその、春希、さん……？」

　春希の目からサァーッとハイライトが消えていき、虚《うつ》ろな表情になる。しかし口元は笑っている。明らかに尋常じゃない様子だった。

　隼人は本能的に、沼に引きずり込まれる自分を幻視した。背筋に薄ら寒いものを感じる。そしてそっと食玩を棚に戻す。

「どうしたの、買わないの？　この田舎の祭り・屋台シリーズとかすごくそそられない？」

「よ、よーし、買い物！　買い物に戻ろうな、春希！　な！」

「ああっ、食玩〜っ！」

そして強引に沼の住人《はるき》の背中を押して、この場から引きはがす。

食玩は沼である。隼人は深く、心に刻んだ。


その後手早く買い物を終えた2人は店を出る。何だかいつも以上に疲れてしまっていた。

「ふぅ、危ないところだった……ボク、もう少しで新しい沼に沈みにいくところだったよ……」

「ほどほどにな……うん？」

隼人の荷物はさほど多くない。

今晩の筑前煮《ちくぜんに》に足りない鶏肉やコンニャク、ごぼうの他には、メインに据える鮭の切り身くらいだ。小さな子供でも問題ない量である。

一方春希は、両手が塞《ふさ》がれるほどに買い込んでいた。何度も荷物を持ち替えて、歩きにくそうにしている。

だからそれは、隼人にとって当たり前の行動だった。

「ほれ、それ貸せ——って、結構重いな。そっちもな、っと」

「は、隼人!?」

「む？　残りは自分で持てよな」

「え、あ……うん」

「ってこれ、ほとんどが冷凍か。じゃあちょっと急ぐぞ」

隼人は半ば強引に、だけど自然な感じで春希の荷物を取り上げ、家へと促す。

春希は驚くと共にひどく困惑していた。

今まで学校とかで荷物を持ってくれようとした人はいた。ただし、そこには必ず打算や下心が存在していた。今の隼人のように、ただただ困っているから手を差し伸べる——そんな風に接してもらった経験がない。

事実、隼人にそんなものはなかった。

もし月野瀬《つきのせ》で春希のように荷物に困った人を見過ごせば、たちまち村中で後ろ指をさされるようなネタを提供することうけあいだ。田舎の恐ろしいところだ。ただの身に染みた習慣なだけである。

しかし春希にとってはそうではない。

初めての経験に胸は驚きと喜び、戸惑いと疑問でない交ぜになってしまい、どうしたって隼人を意識させられてしまった。

「なぁ、いつもこんなに買ってるのか？」

「え、あの、うん。一度に大量買い置き派」

「そっか」

「うん……」

「……」

「……」

しかしそこで会話が終わってしまう。

無言のまま昔と同じように肩を並べる。頭1つ分差ができてしまっている、そんな隼人の顔を、時折チラチラ見てしまう。

しかし隼人は春希を気にも留めずに歩くだけ。いつもと変わらない横顔が、なんだか憎らしくすらあった。

春希は何か言いたいけれど、このままでもいいような――そんな複雑な気持ちのまま夕暮れの道を行く。聞こえてくるのは互いの足音のみ。だけど妙に心地よい。

（まぁ、これも隼人だからかな）

そして、明かりの灯《とも》らぬ自宅に到着した。

この7年、出迎えてくれる人の居ない、真っ暗な家だ。そこに隼人と一緒に帰る……なんだか不思議な気分だった。

「着いたな。どこに置けばいい？」

「カギ開けるから玄関にでも置いといてよ」

「オッケー……じゃ、俺は帰るわ」

「あ、待って！」

「うん？」

「……あーいや、その……」

それは咄嗟《とっさ》の言葉だった。意識しての言葉じゃなかった。

しかしそれゆえに本音が混じったものになってしまっており、それがひどく春希を動揺させる。

「番号！　そうだ、スマホの番号とかＳＮＳやってたら、そのＩＤ教えてよ！　よく考えたらボクたちまだ連絡先交換してなかったよね！」

「あーその……ごめん」

「…………え」

その動揺を隠すように捲《まく》し立てたものの、返ってきた言葉によって頭が真っ白になってしまった。

まさか断られるとは思ってもいなかった。頭が状況を理解することを拒否し始め、心の奥に閉じ込めていた孤独が顔を出す。心臓が、張り裂けそうに軋《きし》みあげる。

大事な何かが抜け落ちていくかのような錯覚さえあって、だから――

「俺、実はスマホ持ってないんだ……」

「隼人のアホ――――ッ!!」

その安堵《あんど》に変化した叫び声は、ひと際大きなものになるのだった。

第6話　ボクの言った通りでしょ？

その日は朝から雨だった。

昨晩からしとしとと降り続く宿雨は、陰鬱《いんうつ》な空気も振り撒《ま》いている。こんな日に仕事や学校に行きたいと思う人は稀有《けう》だろう。

「うぎーっ！　髪がまとまらーん！」

霧島《きりしま》家にも、朝からそんな空気に対する抗議の声が上げられていた。

隼人《はやと》はそんな姫子《ひめこ》の声をＢＧＭにしつつ、『あぁ、毎度のことか』と思いながらお弁当を作っていた。

レンジで温めるだけでいい冷凍のから揚げに、昨夜の夕食の残りのごぼうと人参《にんじん》のきんぴら、ミニトマトを添えたものである。

「もぅ雨の日はイヤ！　せっかくの髪がぶわーってなるしてっぺんはペタンコになっちゃうし！」

「俺は結構好きだけどな。渇水で手伝いに駆り出される心配が無くなるし」

「おにぃ、もうこっちに畑は無いんだよ……」

「そ、そうだったな」

「それよりも、うーん、アプリによるとお昼過ぎには雨上がるんだよね。帰りに傘、忘れないように折り畳みで行った方が良いのかなぁ」

「スマホ？」

「うん、そう。結構当たるし便利だよ」

「そうか、便利なのか」

「おにぃが興味持つなんて珍しいね」

「……春希《はるき》に、何で持ってないんだって怒られた」

「あぁ、はるちゃんに……」

　姫子はうんうんと、何か納得したかのように頷《うなず》き腕を組む。そして隼人を見つめる瞳《ひとみ》は、批難と呆《あき》れの色が含まれている。

「ちょっといいですか、おにぃ？　スマホはもはや現代では生活必需品です。各家庭に冷蔵庫があるように、各農家にトラクターがあるように、各人で持っていて当然のものなのです。持っていないおにぃが異常なの」

「マジか……それほどなのか……」

「月野瀬《つきのせ》は基本電波1本しか立ってなかったけどね。でもやっぱりあると便利だよ。あたし、沙紀《さき》ちゃんと毎日やり取りしているし」

「あぁ、村尾《むらお》さんと」

　村尾沙紀。月野瀬では珍しく同世代であり、姫子の同級生であり友人である。

　大人しく物静かな女の子で、昔から姫子とよく遊んでいた。しかし隼人が近付くと、すぐに姫子の陰に隠れてしまったりしており人見知りの激しい妹の友人、そんな認識がある。姫子にとっては大切な幼《おさな》馴染《なじみ》とも言える。

（なるほど……）

　姫子と村尾沙紀は、この引っ越しで離ればなれになってしまった。月野瀬とこの街では、車で数時間はかかる。おいそれと会いに行ける距離じゃない。

　運転免許や車を持たない隼人や姫子にとっては、丸一日かけなければ会いに行けないような隔たりがある。幼い子供にとっては、永遠の別れにも等しい。

　だけど、今でも姫子は積極的に連絡を取っている。手のひらサイズの端末による、か細い繋《つな》がりかもしれない。だけど、確かに2人は繋がっているのだと感じられた。

「そうか……村尾さん、元気にしてるのか？」

「うーん、いつも通り？　あ、でもおにぃのこと結構気にしてたみたいだけど……何かしたの？」

「は？　俺が？　てか、村尾さんにはどちらかと言えば苦手にされてただろ」

「だよねー？　うーん、昔からあの子、おにぃを前にすると変になってたんだよね。生理的なものかな？」

「やめろ、姫子。それは結構傷付く」

「あはっ、じゃあちょっとは良いところ言ってアピールしといてあげるよ」

「頼む」

そう言って、姫子は彼女にメッセージを打ちこみ始める。

隼人はそれを見て、もし幼い頃からスマホなりで春希と繋がりがあったままならば、きっと今とは違う未来があったのかもしれない——そんなことを思ってしまう。

姫子はメッセージを打ちこみつつ、隼人に話しかける。

「はるちゃんもさ、久しぶりにおにぃと会えて嬉《うれ》しかったんだと思うよ。今でも友達なんでしょ？　色々積もる話もあるだろうし、もっとおにぃと話がしたいんじゃないかな？」

「そうかな……そうかも」

正直なところ、隼人は何故昨日、春希があんな風に怒鳴ったのかはわからない。

思えば、春希のことは知らないこと、わからないことだらけだ。

春希が女の子だったってこともそうだし、ジオラマを作っていたというのもそうだ。他にも勘違いや行き違いがあるかもしれない。それでも隼人にとって春希は、特別で大切な幼馴染である。

（スマホがあれば、お互い色々もっとわかるようになるかな……）

隼人は前向きにスマホを持つことを検討するのであった。

初夏の雨が通学路のアスファルトを叩《たた》く。

周囲を見渡せば、色とりどりの傘が見える。見た目に華やかなものも多い。

実用性重視の黒く地味な折り畳みを使っていた姫子は、「くっ、女子力が……ッ！」と渋い顔をしながら中学校へと向かっていった。

そんな妹の姿を見送った隼人は、田舎と違ってぬかるみや水たまりのない舗装された道路に感心しながら校門をくぐる。そして、視界の端に件《くだん》の花壇を捉えた。

あの日、ズッキーニ受粉をさせてから数日、当時のものがそろそろ結実している頃である。そう思うと、どんどんと花壇の様子が気になってくる。

ならばと花壇に顔を出してみれば、例のくりくりとした髪の毛が特徴的な女子生徒が、雨に濡《ぬ》れるのも厭《いと》わず野菜の世話をしている姿が見えた。

「お、いい感じに生《な》ってるな。いくつか収穫してもよさそう」

「……あっ！」

「どんな感じ？」

「はい、見てください！　ズッキーニもちゃんと大きくなりましたし、剪定《せんてい》したトマトやナスも……あの、その……」

「あぁ、剪定バサミを貸してくれる？　これとかもう採っちゃおう……袋か何かあればいいんだけど」

「はい、ビニール袋があります！」

　ズッキーニの他にも、いくつかの実が生っていた。中には熟れすぎてしまっているのもある。きっと、どのタイミングで収穫していいかわからず、機を逃してしまったのだろう。

　借り受けた剪定バサミを片手に、それぞれどのくらいが適切な時期なのかを説明しながら刈り取っていく。隼人にとっては慣れ親しんだ作業であるが、彼女にとっては初めてのことであるようで、その顔はえらく真剣だ。

　花壇としては大きめだけれど、畑としては家庭菜園の域を出ないこともあって、ものの数分で収穫は終わる。それでもビニール袋には、たくさんの成果が占めることになった。

園芸部の女子生徒は、袋の中身を感慨深い目で見て手にしている。

初めて育てた結晶なのだ、感動も一入《ひとしお》なのだろう。

「あ、その、半分！　この半分、受け取ってくれませんか？」

「え、いいのか？　俺としてはありがたいけど」

「この子たちを収穫できたのは、あなたのお陰ですから」

「別に大したことは……でも、ありがとうな」

「はいっ！」

彼女はとても良い笑顔で返事をした。

喜びがにじみ出ている様子を見ていると、隼人もつられてなんだか嬉しくなってしまう。

彼女はせっせと予備のビニール袋に野菜を分けて詰め終えると、一つ大きく深呼吸。

そして、どこか緊張気味に、必死な様相で見上げてきた。

「あ、あのっ！」

「な、何だ!?」

隼人は同世代の女子の知り合いなぞほぼいない。いなかった。

だから、こんな風にもじもじしながら、身長の差もあって上目遣いで見上げられたら、
ドキドキするなという方が難しい。向けられる真剣な眼差《まなざ》しから目を離せない。

「あ、アドレスとかＩＤとか教えてくれませんか⁉　そ、その、他に相談できる人が居ないっていうか、色々聞きたいことがあって……い、いきなり私なんかにそんなことを言われても困ると思いますけど、良かったら……め、迷惑になるようなことはしませんから、その……」

「…………ぁ」

それは随分と早口だった。

真っ赤な顔に真剣な表情、取り出したスマホは手が赤くなるほど握りしめられている。

どれだけ必死で願っているかは、胸が痛くなるほどわかってしまう。きっと、彼女なりの一大決心だったに違いない。

だけど、隼人は彼女に対する返事は1つしか持ち合わせていない。

「その………………ごめん」

「そう、ですか……」

「いや、違うんだ！　嫌だとかそういうんじゃないんだ！」

「ふぇ？」

「俺、スマホ持ってないんだ……その、電波もロクに届かない田舎からの転校生でえぇっと……」

今度は必死に隼人が言い訳をする番だった。

身振り手振りを加えて、持っていないからしょうがないんだということを、一心不乱にアピールする。

そんな隼人の気持ちが伝わったのか、最初は呆気《あっけ》に取られていた彼女であったが、次第にくすくすと忍び笑いを零《こぼ》していく。気まずさを感じた隼人はがりがりと頭を掻《か》く。

「私、C組の三岳《みたけ》です。三岳みなもと言います」

「俺はA組の霧島隼人。スマホ買ったら教えに行くよ」

「はい、待ってます。約束、ですよ？」

「――っ、あ、あぁ……うん、約束だ」

思いもかけない単語の登場に、ドキリとしてしまう。

隼人にとって約束は、少々特別な意味を持つ。だから、素直に答えるには、一瞬躊躇《ためら》ってしまった。

脳裏に春希の顔が過《よぎ》ってしまう。

しかし、ここで異を唱えるのも不自然だった。ただ、今度連絡先を交換しようというだけのことなのだ。

大した意味はない――隼人は自分にそう言い聞かせるようにして、野菜を受け取った。

「ではまた」

「あぁ……」

6月の終わり、初夏の雨、花壇に咲く野菜の花が証人となって、不意の誓いが交わされたのだった。

教室に着いたのはショートホームルームの5分前だった。

隼人も途中からは傘も差さず収穫をしていたので、それなりに濡れてしまっている。

「水も滴るいい男だな、霧島」

「うるせぇよ、森《もり》」

「で、それ何持ってんだ？」

「野菜。お裾分《すそわ》け」

「何がどうしたら、そんなのもらえるんだ……」

「え、普通にもらわない？」

「ねぇよ!?」

そんなやり取りをしながら席に着く。さほど強い雨ではなかったが、それでも制服が肩に張り付くほどに濡れており、ポタポタと髪から水滴がいくつか机に落ちる。少し気持ち悪いが、そのうち乾くだろう。

「大丈夫ですか、霧島くん？」

「え、あぁ……」

そんな隼人に、春希が心配そうに声を掛ける。

クラスのみならず校内でも心優しく人当たりが良いとされている春希のことだ。席が隣ということもあり、話しかけてくるのは二階堂春希ならごく自然の流れと言える。

しかし彼女の目は僅《わず》かにニヤついており、まるでおもちゃを見つけた子供そのものだった。それを見逃す隼人ではない。何か仕掛けてくるんじゃないかと身構えてしまう。

「傘、持ってなかったんですか？　良かったらこれ、使ってください」

「い、いや、悪いからいい！　放って置けばすぐに乾くだろうし」

「ダメですよ、風邪ひいちゃいます」

「あ、ちょっ、はる……二階堂《にかいどう》ッ!!」

あろうことか春希は自分のハンカチを取り出して、隼人の顔を拭《ふ》き始めた。

春希は一種のアイドルじみた人気を誇る美少女である。そんな彼女が心配そうに声を掛け手ずから濡れた顔や髪を拭く。

ガタッと教室中の至る所から席を立つ音が聞こえ、中には教室を飛び出し雨の中へと突撃する男子すらいた。

（こ、こいつっ！）

その春希の口元は、してやったりとばかりにほくそ笑んでいた。完全に確信犯である。

嫉妬《しっと》、驚愕《きょうがく》、動揺……そんな教室中の様々な感情の入り交じった視線が突き刺さる。

これは堪《たま》らないと、隼人は慌ててハンカチを奪い取った。

「あ、ありがとな！　ええっとこれ、洗って返すから！」

「別にそのまま返してもらっても構いませんよ？」

「っ！　い、いや、そういうわけにもいかないから！　な!?」

「そうですか……ならその、スムーズに返却できるよう、スマホの連絡先、教えてください……っ」

「なっ、ちょっ、おまっ！」

かなり強引な展開だった。席が隣で明日《あした》にでも返せるとか、スマホを持っていないのを知っているだろうだとか、色々とツッコミたい部分も多々ある。

それがいつの間にやら、二階堂春希がこの些細《ささい》なことを切っ掛けにして、転校生に連絡先を聞き出すという図が作り出されていた。

周囲の視線が、それはもう痛いほどに隼人の肌を刺す。目の前で俯《うつむ》く春希の台詞《せりふ》とかけ離れたニヤリとした表情が、隼人にだけ見える。

「ご、ごめん、俺スマホ持ってなくて……って、おいっ！」

「そう、ですか……ごめんなさい、いきなり私なんかが無理を言って……」

「ああ、その、違うんだ！　俺、本当にスマホ持ってなくてっ！」

それはどちらかと言えば、周囲に対する言い訳になっていた。

周囲からは「そこまでして二階堂と連絡先交換したくないって……」「二階堂さん可哀想……」といった囁《ささや》き声ばかりだ。

どれだけ隼人が持っていないと主張しても、そんなはずが無いという目で見ており——それが余計に彼ら、特に男子の感情を刺激した。

「霧島、ちょっと話をしようか」

「転校して日が浅いからさ、お互いまだまだ知らないことだらけのようだな」

「なぁに、簡単な質問に答えてくれるだけでいいんだ」

「待ってくれ俺は……って、森！　裏切ったな！」

「ははっ」

隼人は彼らに連行され、たっぷりとお話することとなる。

そんな隼人の姿を、春希はちょっとすっきりとした面持ちで、小さな舌先を出して見つめていた。

その日の放課後は、すぐさま春希の家に連行されていた。

「ほら、ボクの言った通り、スマホ持っていない隼人の方がおかしいんだよ――っと、そこ！」

「うん、よくわかった。大変な目に遭った。それと春希が人気だっていうのも――よっと！」

「へへーん、そりゃあボクも？　努力していますから……って、あぁ、ＨＰが！」

「突っ込みすぎだ、回復……って俺、ＭＰねぇわ」

「あぁーっ！」

ちなみに新作アクションＲＰＧをしたいからという理由である。ＲＰＧを２人でするのはどうかなと思うが、春希は隼人と一緒の時だけ進めるという心づもりらしい。

隼人たちが生まれる前に発売された作品のリメイクで、春希は獣人の格闘家、隼人は傭《よう》兵《へい》の剣士を操作していた。基本、回復はもう一人のＣＰＵ任せの脳筋プレイである。

ともあれ、そんな風に強引に進めていった結果、全滅してしまった。お互い強引すぎたかな、と笑い合う。

「ところで隼人、その野菜どうしたの？」

「もらった。三岳さんに。お礼にって……少し分けようか？」

「……ん、ボクはいいや。1人じゃ食べきれなかったら悪いし」

「うん？　そうか？」

何かが引っかかるような物言いだった。しかし春希はすぐさま、何事もなかったかのように、それよりもと話を戻す。

「そういえばさ、隼人は何でスマホ持ってないの？　家でそういう方針だとか？」

「そんなことないぞ、姫子とかバリバリ使いこなしてるし……あ、そういや姫子が会いたがってたぞ。今度うちにも来てくれよ」

「え、ひめちゃんが!?　うん、行く行く！　……それはそうと、どうしてスマホ持ってないの？」

「うぐっ……いやその、だな……」

「じぃ〜〜〜……」

「ええっと、その、何となく、です」

「……はぁ!?」

春希の素っ頓狂《とんきょう》な声が自室に響き渡る。隼人はバツが悪そうな顔をして目を逸《そ》らす。

「こんなに便利なのに⁉　向こうでも使ってる人結構いたんじゃないの⁉」

「あ、あぁ……畑の管理にアプリを使ったり、耕耘《こううん》する動画をアップしてる人とか結構いた……というかその春希さん、笑わないで聞いてくれますか？」

「よろしい、なんですかね隼人くん？　言ってみたまえ」

「その、種類とかいっぱいありすぎてな……どれを選んでいいかわからなくなって、その……」

「ぷふっ……あは、あははははは！」

「笑うなよ、結構真剣に悩んでるんだぞ！　くそ、貸し5くらいにしてやる！」

「ごめんごめん。なるほどね、迷いすぎて混乱して買えなかった、と」

「悪いかよ」

タイミングが無かった。確かにそれもある。

「ふふっ、そうかぁ……それじゃ、今度の週末ボクと一緒に選びに行こうよ」

「いいのか？」

「うん、約束だよ」

「……あぁ！」

そして2人は顔を見合わせ笑い合う。

ゲームをしながら週末の約束をする。それはかつての姿と全く同じでもあった。

第7話　一人っ子

その日の夕食の時のことだった。

「おにぃ、あたしアイス買いに行きたい」

「うん？　アイスなら買い置きがあるだろ」

いきなり姫子《ひめこ》が、そんなことを言い出した。

どういう意味かわけがわからず、隼人《はやと》は妹の言葉を聞き流しながらパスタをフォークに絡め、その出来栄えに満足気な表情を浮かべ舌鼓を打つ。

本日の夕食は、お裾《すそ》分《わ》けにもらったトマト、ナス、ズッキーニが主役のラタトゥイユソースのパスタである。

たっぷりのニンニクをオリーブオイルで香りづけし、パプリカやセロリも加えられた、見た目にも彩り鮮やかな一品だ。

「おにぃ、あたしはアイスが食べたいんじゃなくて、アイスを買いに行きたいの」

「すまん、姫子の言ってる意味がよくわからん。行けばいいんじゃないか？」

「夜のコンビニ」

「っ！」

「夜のコンビニに買い物に行ってみたいの」

「なん、だと……」

　夜のコンビニ。それは引っ越すまで、午前11時に開いて午後7時には閉まる個人経営の自称なんちゃってコンビニしか知らなかった隼人と姫子にとって、特別な意味を持つ。

　そもそも月野瀬《つきのせ》には夜にやっている店は無い。夜に買い物に行く習慣がない。

　わざわざ夜に、どうでもいいようなものを買いに行く——それはこの兄妹《きょうだい》にとって特別の意味があり、２人の心を高揚させた。

「おにぃも付いて来てくれるよね？」

「夜のコンビニ、か。そうだな、一度は経験しておかないとな」

「うぅ、緊張してきた。何着ていけばいいんだろ……制服が無難だけど、こんな時間だし補導とかされちゃうよね？」

「ネットでそういうのって調べられないのか？」

「ど、どうだろう？」

と、妙に気合の入る２人であった。

時刻はまだ20時前。

月野瀬では真っ暗になってしまうところだが、街ではまだまだ宵の口といった時間帯である。

隼人と姫子にとっては、よほどのことがなければ外出することのなかった時間帯だ。

何かいけないことをしているかのような罪悪感と、それでいてどこか冒険に出掛けるような高揚感から、胸がドキドキしてしまう。

「こっちの夜は懐中電灯要らずなんだな」

「明るいね、星は全然見えないけど」

「しかし姫子、その恰好《かっこう》は……」

夏らしく肩を剝《む》き出しにしたオフショルダーの可愛らしいカットソーに、フレアのミニスカート。それに軽めだがメイクも施されており、コンビニに行くというよりデートに行くかのような装いだった。シャツとデニムだけの隼人とは対照的である。

「うむ、気合を入れました。田舎者だって思われたくないからね！」

「はぁ……」

そんな姫子と共に、夜の住宅街を歩く。

星と月の代わりに街灯が道を照らし、虫やカエルの代わりに車の駆動音が聞こえてくる。

昼間とはまた違った夜の顔に、まるで異世界に迷い込んだのかと錯覚してしまう。

姫子も緊張しているのか、隼人のシャツの背中を掴《つか》みながら、おっかなびっくり付いて来ている。

そして歩くこと10分と少し。2人にとってはドキドキするには少し長かった時間。住宅街の外れ、大通りに面する目的地へと到着した。

「着いたぞ、コンビニだ」

「着いたね、コンビニだ」

「本当にやってるな」

「本当にやってるね」

まだまだ世間的には早い時間帯ということもあり、会社帰りや塾帰り、ただの暇つぶしに雑誌を読みに来る人など、多くの客で溢《あふ》れている。そんなどこにでもある、ありふれたコンビニだ。

しかし隼人と姫子にとっては違った。感動すらしていた。そして、ひどく場違いのような感じがして、本当に入って良いのか躊躇《ためら》い、入り口で立ちすくんでしまう。

お互い顔を見合わせ、視線で「行くんだろ」「先に行って」などと会話をしていたら、突如姫子が声を上げた。

「あ、すごっ！」

「うん？」

どうしたことかと姫子の視線の先を追ってみれば、そこに1人の女の子がいた。

大きめのゆったりとしたシャツにスキニージーンズ、それにキャスケット帽を被《かぶ》り、いかにもちょっと普段着でコンビニまで来ましたといった体《てい》のラフな恰好だ。

しかし、その持ち前の美貌《びぼう》とスタイルは、美少女は何を着ても似合ってしまう——そんなことを地で説明している、春希《はるき》の姿があった。

「あ」

「……よぅ」

春希は姫子の声でこちらに気付いたかと思えば、大きく目を見開いた。そしてにこやかな笑みを浮かべて近づいてくる。

「こんばんは、霧島くん。奇遇ですね？」

「うん？　あぁ、奇遇だな。コンビニか？」

「ええ、ちょっと買い物に……それにしても可愛らしい娘《こ》ですね、彼女さんですか？」

「はぁ？」

「ひゃ、ひゃうっ！」

春希はにこりと姫子に微笑んだ。同性すら魅了してしまう、よそ行き《猫かぶり》スマイルである。

そんな破壊力の高い笑顔を見せられた姫子は、「あぅぅ」と顔を赤らめて、隼人の背中に隠れてしまう。そして「あら可愛い」と春希に追加で言われれば、ますます顔を赤くして隼人のシャツを握りしめてしまう。

「まったく、霧島《きりしま》くんも隅に置けませんね。転校早々こんなに可愛い彼女を捕まえるなんて」

「待て、何か誤解しているぞ」

「ふふっ、照れなくてもいいんですよ？」

「あ、あのっ、２人はお知り合いなんですか？」

「はい、同じクラスです。隣の席だし、他の人よりちょっぴり彼のことは詳しいかもしれませんね。だから何かあれば教えちゃいますよ？」

「あた、あたしその……っ」

何かが噛《か》み合っていなかった。

隼人は珍妙な問答をしている２人を見て、ため息を漏らす。

「そりゃ詳しいだろう。姫子、はるきだぞ、これ。春希、こいつ姫子」

「え？」

「へ？」

そして2人の時が止まる。まじまじと見つめ合う春希と姫子。

「はる、ちゃん……？」

「ひめ、ちゃん……？」

「「えええぇえぇええぇぇーっ‼」」

夜のコンビニの入り口で、２人の少女の声が響き渡った。


それから20分後。

霧島家の食卓に、勢いよくラタトゥイユのパスタを頬張る春希の姿があった。

「うう、おいしい！　おいしいから悔しい！　隼人なのに！」

「でしょー？　おにぃが料理上手《うま》すぎるから、あたしの料理スキルが全く上がらなくなっちゃってるの」

「わかる！」

「わかるな、春希。あと覚えろ、姫子」

春希に話を聞けばコンビニに弁当を買いに来たということだったので、それじゃあとばかりに姫子が誘った形である。

さすがにコンビニの前であれだけ大声を出したので、居た堪《たま》れなくなったというのもあった。

何かしらの悪態を吐きつつもおいしそうに食べる春希を見て、隼人の口元も緩んでいく。

「おいしかった、ごちそうさま！　おかわりしちゃった！　これで太ったら隼人のせいだからね！」

「おにぃの料理ってさ、おいしいんだけど、ついついご飯が進むものばっか作っちゃうから……これはもう女の敵だね」

「うん、女の敵だ」

「ねー」

「ねー」

「ええぇぇ……」

うんうんと頷《うなず》きあう春希と姫子。

最初に顔を合わせた時の緊張やよそ行き顔はどこへやら、久しぶりに会ったというのに、離れていた時間を感じさせず、長年の友人のように話が盛り上がる。

何だかんだと言って、姫子と春希は月野瀬では数少ない同世代の子供であり、隼人の背中を追いかけて遊ぶことが多かった。

その時の絆《きずな》が、たとえ7年という時間と距離が離れていたとしても、確かに春希と姫子の間に息づいている――それが実感できて、3人の顔は自然とあの頃のように笑顔になっていた。

「それにしてもはるちゃん、すんごい美少女になったよね。あたし最初全然気付かなかったし、びっくりしちゃったよ」

「あはは、ボクの擬態もなかなかのもんでしょ？」

「うん、すっかり騙《だま》された！　ていうかあたしさ、はるちゃんのこと男の子だと思ってたんだよね。おにぃも昔と変わってないって言ってたし、むしろパワーアップして猿からゴリラになってたって言うし」

「んんん～、隼人～っ!?」

「おーっと、洗い物しないと」

「貸し、だかんね！」

春希のジト目を受けた隼人は、ドキリとしてしまい、そそくさとキッチンへと逃げ込む。

うやむやにしてしまっていたが、姫子と同じく隼人も、春希のことを男だと思い込んでいたのだ。なんだかバツが悪く、それを誤魔化すように食器を洗っていく。そんな隼人の後ろ姿を、春希と姫子は顔を見合わせて笑った。

「……うん」

「どうしたの、ひめちゃん？」

「やっぱりおにぃの言ってた通り、はるちゃんははるちゃんだなぁって。なんかね、上手く言えないんだけどね」

「あは、何それ。でもそっか、隼人もそう言ってたんだ……」

「そうだはるちゃん、連絡先交換しよ？　あたしおにぃと違ってスマホ持ってるし。おにぃと違って」

「あ、うん、しよしよ！　やっぱり持ってない隼人がおかしいよね」

「大体おにぃは昔からさぁ――」

「そうそう、隼人って――」

春希と姫子。再会した幼馴染《おさななじみ》の少女2人、共通《隼人》の話題で盛り上がっていく。

田舎と都会、空白の思い出、7年の時、話は尽きることはない。

楽しい時間は過ぎるのが早く、笑い声と共に夜が更けていく。

「うぅ、さすがにそろそろ帰らないと……あれ、そういやおじさんとおばさんは？」

「んー、今日も遅いみたい」

「そっか。それじゃ、お邪魔しました」

「うん、連絡ちょうだいね、はるちゃん」

時刻は午後9時を少し回ったあたり、春希はさすがに居座りすぎたかなと腰を上げる。

後ろ髪を引かれるのは春希だけでなく姫子も――そして、隼人も同じだった。

「――送るよ」

「隼、人？」

突然の申し出に、春希も、そして隼人もびっくりした顔になってしまう。

どうしてそんなことを言ってしまったかだなんてわからない。お互いポカンとした間抜けな顔を晒《さら》すことになるがしかし、姫子は感心顔になっていた。

「そうだねおにぃ、ちゃんと送ってあげなよ？　はるちゃん、こんなに可愛いんだし」

「うえっ!?　あ、あの、いいよ別にっ！　ほら、走ればすぐの場所だし、ボクは別にっ」

「ええっとその、だな……うん、これはあれだ、貸しをつくる絶好のチャンスだからな」

「あっ、隼人っ！」

隼人はそんな言い訳めいたことを言いながら、そそくさと勝手に外へ出る。春希もそれを追いかけるようにして、霧島家を後にした。

「まったく、貸しを押し付けちゃってさ、もう！」

などと悪態を吐くものの、その顔はどこか嬉《うれ》しそうだった。

大通りにあるコンビニへの道と違い、春希の家がある住宅街は人も車の通りも少ない。その分、立ち並ぶ家々からは営みの灯《あか》りが漏れていた。きっと、どこも団欒《だんらん》の時間なのだろう。

そんな道を、隼人と春希は肩先を並べて歩く。

お互い、何だか不思議な気分だった。悪くない気分だった。

「そういやさ」

「うん？」

「ひめちゃん、可愛くなってたね」

「え、そうか？　俺にはよくわからんが」

「いいなぁ、ボクもあんな妹か弟、欲しかったなぁ」

「そんなに良いもんじゃないぞ？　よく寝坊して起こさなきゃだし、態度もデカいし我儘《わがまま》だし、リビングのテレビは占拠して譲らないし」

「あはは、その姿が容易に想像できるところがひめちゃんらしいや」

「だろ？」

「でもね——と、着いちゃった」

「おぅ」

何度か訪れた春希の家、ごく普通のありふれた一軒家。

だけど灯りが点《っ》いていないというだけで、どうしてか隼人には歪《いびつ》なものに見えてしまった。

「隼人にはひめちゃんが、ひめちゃんには隼人が居て、ちょっぴり羨《うらや》ましいな」

「春希……？」

そんなことを言いながらしかし、春希は特に何も感じない風にポケットからカギを取り出し、暗闇へと吸い込まれていく。

「ボク、1人っ子だからね」

春希は少し寂し気に笑いながら、振り返った。

何か言いたい——だが隼人には掛ける言葉が見つからない。

「おやすみ隼人、またね！」

「あ、あぁ、またな春希」

またね、を殊更強調してドアが閉められていく。

なんだか釈然としない気持ちが残っている。

隼人は別れ際にまたなと上げた手で、そのままガリガリと頭を掻《か》いた。

第8話　生意気になった

パステルカラーの家具に可愛らしい小物類、そして床に転がる段ボール。

そんな姫子《ひめこ》の部屋にて、朝から霧島兄妹《きりしまきょうだい》の攻防が繰り広げられていた。

「起きろ、姫子いい加減に起きろ！　起きてくれ！　もう8時過ぎてる！」

「んぅ〜、冷しゃぶサラダうどん……」

「わかった、今晩作るから起きてくれ!!」

「ごまだれ〜」

「姫子ーっ！」

姫子は時々大寝坊をかますことがある。

そういう時は決まって隼人《はやと》が起こすのだが、今日はことのほか手ごわかった。

声を掛けても揺さぶっても起きる気配が無く、布団ごと床に叩《たた》きつけてようやく「ふぎゃあ！」と声をあげて目覚めるのだった。

それからは大慌てで準備をすませ、２人そろって弾《はじ》かれたように家を飛び出す。

「うぎゃー、髪ぐちゃぐちゃーっ！　お腹も空いたーっ！　朝から汗だくで最悪ーっ！」

「だからっ！　俺はっ！　昨日早く寝ろとっ！」

「だってーっ！」

　原因は姫子の夜更かしだった。

　隼人も何度か早く寝るように促したのだったが、深夜まで隣の部屋からスマホの通知音が途切れることはなかった。完全に自業自得である。

（くそっ、今度夕飯に生トマト入れて無理矢理食わせてやるっ！）

　隼人はせめて夕食に姫子の苦手なものを出して、復讐《ふくしゅう》しようと心に誓うのであった。


　隼人が教室に駆け込んだのは、始業ベルが鳴る直前だった。

「よ、霧島。寝坊か？」

「俺じゃなくて妹がな、森《もり》」

「へぇ、妹いるんだ。いくつ？」

「１こ下、中３。……で、あれは何だ？」

「うーん、説明が難しいな」

隼人と森が見つめる先には、クラスメイトが巡礼のように1人の少女を訪れるというような光景が広がっていた。

その対象になっているのは春希《はるき》であり、その顔はどこか憂いの色を帯びている。そんな彼女に対し、皆が心配そうに代わるがわる声を掛けているという状況だ。

「二階堂《にかいどう》さん、大丈夫？」

「何かあったら言ってね？」

「はい、大丈夫です。昨夜なかなか寝付けなくて……」

しかし春希は静かな笑みを浮かべて応えるも、その腫《は》れぼったくなった目のせいで、どう見ても何か辛《つら》いことがあったけれど気丈に振る舞っている――そう見えてしまい、周囲の不安を煽《あお》ってしまっていた。

（……あいつっ！）

しかし隼人から見てみれば、どこからどう見ても姫子との深夜までのやり取りのせいにしか思えなかった。思わず眉間《みけん》に手を当ててしまう。

「……ぁ」

その時、不意に春希のスマホが通知を告げる。それに気付くや否や、そわそわしながらメッセージを読み、くすくすと忍び笑いを零《こぼ》してみれば、それは周囲を動揺させるには十分な破壊力を秘めていた。

「昨日の夜は眠れなかった……今の嬉しそうな顔……まさか……っ！」

「待て、逆説的に考えると今まで居なかった方が不自然なんじゃないか？」

「転校生は……霧島はどこだ!?　奴を吊《つ》るせ！　スマホが出てくれば奴が黒だ！」

特に一部の男子は殺気すら放ちながら、隼人と真実追及の為の徒党を組み始める。

「……ぁ」

そこでようやく、春希は自分の言動がいかに周囲に誤解を生み出しているかに気付く。

柳眉《りゅうび》でハの字を作りながら、隼人と目が合ってしまう。

「（ど、どうしよう!?）」

「（……ったく、貸し、だぞ）」

隼人は小さくコクコクと頷《うなず》く春希を見て、大きく、そしてわざとらしくため息を吐き、自分の席へと向かった。

「おはよ、二階堂。随分嬉しそうにスマホ見てるけど、彼女でもできたか？」

「か、彼女っ!?　いや、ちが、はやっ…………その、霧島くん……？」

「いやだってほらさ、なんか初めてできた彼女に一喜一憂しているみたいで……待ち人、というか懐かしい人に会ったみたいでさ」

「ええっと……」

突然の話の振りに春希は面食らってしまった。そして、今まさに知りたかったかのような話題の切り込みに、周囲も固唾《かたず》を呑《の》んだ様子で春希を見守り注目する。

そんな春希に向かって、隼人は意味ありげに片目を瞑《つむ》る。そして見つめ合うことしばし、隼人の意図を汲《く》み取った春希は、くすりと笑ってスマホの画面を見せてきた。

「そうなんです！　ほら、これです——可愛い子でしょう？　子供のころ以来の再会でその、昨夜は思い出話に花が……」

「お、おぅ、そうだな、可愛い？　子だな……？」

そこに写っていたのは、昨夜隼人の家に来た時に撮ったツーショット写真だった。あの時の姫子はコンビニへ行くためと気合を入れたデート服とメイクである。写真の写りも悪くない。隼人の身内の贔屓目《ひいきめ》を差し引いてもなかなかの美少女と言える。

それは隼人の隣や後ろから画面を覗《のぞ》き込み、「お、可愛い」「仲良いんだね」「どこの学校の子？」といった好意的な意見の皆からも窺《うかが》い知れた。どうやら姫子も世間的には評価される容姿らしい。

周囲も次第に姫子に対する興味へと移っていき、いつの間にか春希に対する不穏な空気は薄れていき、やがてやってきた担任の「うるさいぞー、席に着けー」という言葉と共に霧散した。

出欠を取りながら、隣の席の春希が隼人に向かって唇を動かす。

「（ありがと）」

その顔をよく見れば、笑顔であるものの目の下に隈《くま》が窺えた。昨夜の深夜までのやり取りの証《あかし》である。

――っ。

何かを言おうと思った。『ばーか』、そんな悪態の一つでも吐こうかと思った。

だけど不意に昨夜の灯《あか》りのない真っ暗な春希の家を思い出して――何も言えなくなる。

言えなくなってしまった。どういうわけだか、胸がモヤモヤとしてしまう。

「（……ほどほどにな）」

そっと、そう返すだけだった。

春希はバツが悪そうに、そして気恥ずかしそうに笑い返した。

「いやー、助かったよ、隼人！」

昼休み。いつもの秘密基地。春希は今朝のことの照れ隠しなのか、バシバシと隼人の背中を叩いていた。

「いてっ、いてっ！　ちょっとは加減しろってーの……って、それはなんだ？」

「ヌードクッション？」

　そう言って、そそくさと春希が鞄《かばん》から取り出したのは、カバーの掛けられていない剝《む》き出しの白く小さなクッションだった。無理矢理押し込められ小さくなっていたが、徐々に膨らんでいくものが２つ。

「カバーの無い小さなやつ。百均で売ってた。２００円だったけどね。ほら、隼人の分」

「え、百均なのに２００円ってどういうことなんだ!?　って、そうだ、お金」

「いいよ、これくらい貸しで。だけどね、ちょぉ～っとお願いがありまして……」

「うん？　なんだよ――って！」

　春希は隼人に渡そうとしていたヌードクッションを胸に抱き、頬を赤らめながらもじもじと、上目遣いで擦り寄ってきた。

　それは可愛らしく、いかにも女の子然とした仕草だ。しかし、その目は悪戯《いたずら》っぽく笑っており、明らかに悪ふざけだというのがわかる。

　だがそれは悪ふざけだとわかっていても、ドキリとしてしまうだけの魅力があった。

　隼人はその心境を悟られまいと大げさに仰《の》け反るものの、そのオーバーリアクションを見て口元もにやけだした春希が、追撃を掛けるかのようににじり寄る。

「ボクね、隼人の欲しい……」

「な、何をだよっ」

「そんなこと、ボクの口から言わせたい……？」

「は、春希、お前な……っ」

恥じらいつつも際どい言葉で迫られたら、たとえ揶揄《からか》う為のことだとしても、隼人はいよいよ動揺を隠せなくなってしまう。

それがわかっているのか、春希は艶《なま》めかしく唇に指を当てたあと、そっと隼人の鞄を持つ手をなぞる。背筋にぞくぞくとした、えも言われぬ感覚が走る。その隼人を捉《とら》える悪戯に満ちた瞳《ひとみ》でさえ、どうしてか蠱惑《こわく》的にさえ思えてくる。もう敵わないとばかりに、ゴクリと唾《つば》を飲み込んだ。

「隼人……」

「春希……」

——ぐきゅううう。

「……」

「……」

そして盛大な腹の音が部屋に鳴り響く。

つい先ほどまでの空気はどこへやら。隼人は残念そうな生物を見る目で、恥ずかしそうにクッションで顔を隠す春希を見るのだった。

「だ、だって、ボクも今朝はギリギリでさ！　朝も食べてないし、お昼だって買えなかったんだもの！」

「はぁ、まったく……貸しだぞ？　って、分けるのはいいけど、箸《はし》が無いな。さすがに俺のを貸すのはちょっと……」

「あ、大丈夫。コンビニでもらったやつの余り、いくつか鞄に入れっぱなしだから」

「……そうか」

隼人は少し残念なような、ホッとしたような気持ちで弁当を蓋《ふた》へと取り分けていく。食べ盛りに弁当を半分こは辛《つら》いが仕方がない。

それよりも、気に掛かったことがあった。

以前スーパーで出会った時も冷凍食品を大量に買い込んでいたし、昨夜出会ったのもコンビニにご飯を買いに行ったということだった。そして昨夜別れ際に見た、真っ暗だった家。

一度考えだすと食事事情以外にも、色々とあまり良い想像ができそうにない。

「ん～、この野菜たっぷりのハンバーグおいしー。これも隼人が作ったの？」

「あぁ、先日大量に作って冷凍していてな」

「冷凍だと何かちがう？　なんか変な顔になってたけど」

「え？」

春希に言われて初めて、隼人は自分の考えが顔に出ていたことに気付いた。

目の前にいるのは、かつて笑い合ってニコイチのアイスを分け合った幼馴染《おさななじみ》の姿。

あの時と同じ様に弁当を分け合っているが、渋面になっている隼人の顔。春希はそんな隼人の顔を、自分が悪いことをしたんじゃと、どこか怯《おび》えを含んだ目で覗き込んでくる。まるで叱られるのを恐れている子供のような顔をしていた。それが、先ほどの春希の悪戯以上にひどく動揺させられてしまう。

「ごめ、ボク――」

「――呆《あき》れてたんだよ、はしゃいで夜更かしって、何をそこまで話してたんだ？」

「隼人……あ、あはは、色々だよ。うん、色々。ひめちゃん、服のブランドとかコスメとかすっごく詳しくてさ、ボクが全然知らないもんだから、お叱りを受けてたんだ」

「へぇ、意外だな。ほら、そんな擬態なんてしているくらいだし、てっきり」

「良い子を演じてるだけだからね。それにさ——でも……」

「……春希？」

「っ！　ううん、何でもない！」

そう言って、春希は無理矢理誤魔化した。明らかに聞いてくれるなといった態度だ。その一瞬見せた仄暗《ほのぐら》い表情は、昨夜の別れ際に感じたものとひどく似ている。

（——似合わねぇっ！）

隼人にとっての春希は、いつだって悪戯好きで強引で、そして底抜けに明るくて、笑顔の似合う奴だった。それは7年の時間を経た今でも変わらない。

だけど7年という空白は、あまりに長く、お互い知らないものを積み上げすぎている。

それははるきと春希を隔ててしまっている。

事情はわからない。きっと、おいそれと言えないものなのだろう。

そのことは隼人も十分にわかっていて……だからこそ、春希に一歩踏み込むのを躊躇《ためら》ってしまう。

だけど、どうしても自分は気にしているということを伝えたくて——何よりあの時の姫子と重なってしまって、気付いた時にはガシガシと春希の頭を強引にかき混ぜていたのであった。

「わぷっ、ちょっ、隼人、何すんのーっ⁉」

その突然の行動に面食らった春希は、抗議の声を上げる。しかし、その隼人の顔を見てみれば何も言えなくなってしまい――毎朝それなりに手間のかかる髪を、されるがままになった。

そして隼人も何とも言えない表情を作ってしまう。

短くてツンツンと手に刺さるようだった日に焼けて痛んだ髪は、あの頃と違って長くなめらかで、絹のような触り心地で指先の間をくすぐる。

「春希――」

――大丈夫か？

――何かあったら聞くぞ？

――俺はここにいるから……

何かを言おうとして、隼人の中でいくつもの言葉が浮かんでは、何かが違うと感じ、消えていく。気持ちだけが空回り、なんだかもどかしい。

春希はそんな百面相をする隼人の顔を見て、くすりと笑い――

「うん」

と、一言だけ返した。

傍から見ればとても短いやり取りだ。だけど、2人が通じ合うには十分な言葉だった。

今はまだ、これだけでいい、と。その顔は、どこか満足気だった。

「隼人はさ、変わったよね」

「……そうか？」

「うん、生意気になった」

「は？　なんだよそれ」

「あは、なんだろうね？」

窓から見える初夏の空に、かつてと同じ巻雲《けんうん》が浮かぶ。

田舎と都会。空白の時間。色々変わってしまったことに、相手に対するもどかしさ。

だけど2人は笑いながら、かつてと同じように、同じものを分け合った。

第9話　放っておけるかよ！

昼下がりの校舎、グラウンドから聞こえる体育の声、窓から見上げれば照りつける初夏の太陽。

気が緩み、眠気が支配する古文の授業中。隼人《はやと》もついウトウトとしていた。

そんな時不意に目の前へ、折り畳まれたメモ用紙が飛んできた。

「うん……？」

こんなことをする相手なんて、隼人には１人しか心当たりがない。案の定、隣の席に目をやれば、悪戯っぽい目をしてにっこり微笑む春希《はるき》の顔があった。

チラチラ移動させる目線を見るに、どうやらメモの中身をすぐに読めと言いたいらしい。

『放課後ボクん家《ち》集合！　ひめちゃんが来る、助けて！』

隼人はその中身を読んで、首を傾げた。

（……何だ、これ？）

春希の家に行くのはいい。ちょくちょくお邪魔しているし、いつものことだ。

姫子《ひめこ》が来るのもわかる。春希とも幼馴染と言えるし、昨夜も随分話が盛り上がっていたようだった。

だが最後の『助けて！』の意味がわからない。

どういうことかと春希を見れば、困った顔をして拝むように片手を上げるだけ。

それじゃあわからんとばかりに、隼人はメモ用紙に返事を書いて、周囲に見られないよう気を付けて投げ返す。

『助けてだけじゃわからん。姫子とケンカでもしたのか？』

隼人のメモを見た春希はすぐさま返事を書いて投げ、そして隼人もすぐに返事を書いて春希に投げる。

昼下がりのどこか微睡《まどろ》むような雰囲気のある授業中、隼人と春希はそんな秘密ごとめいたやり取りを繰り返す。

『実はひめちゃんにですね、私服でスカート1枚も持ってないということがバレてしまい、物凄《ものすご》いお叱りを受けてしまってですね』

『それは春希らしいというか、何か都合悪いのか？』

『ひめちゃんがうちに来て、そのことで色々チェックするってことになったんだけどさ、ボクに女子力が求められるようなキャッキャした会話ができると思う？』

『それは……ないな。むしろバーベキューでの炭起こしの裏技の話の方が盛り上がりそう』

『でしょ——って何それ気になるんだけどバーベキューやりたい！　うぅ、あれは田舎の広いところじゃないとできないからなぁ』

『あぁ、炭を立てて円筒状にしてな、空気が行き渡りやすくするんだ』

『へぇ～！　あ、そのお肉ってやっぱり今でも猪とか鹿ばかり？』

『畑荒らし用に設置した罠《わな》に掛かった奴次第だが、猪が多いな。他にはアナグマ——』

当初の話題はどこへやら、どんどん話はズレていくものの、何故か盛り上がってしまう。

隼人と春希にとって、こんなとりとめのない話がとても楽しく思えるものである。

しかし盛り上がってしまう一方、周囲の目への警戒も薄くなってしまっていた。

「二階堂《にかいどう》、さっきから霧島《きりしま》がどうかしたのか？」

「っ！」

「っ⁉」

そんな教師の声で2人は我に返り、思わず肩をビクリとさせる。

周囲を見れば、どうやら他のクラスメイトからも随分注目を集めていたようだった。その中の数人には隼人と春希の間に、何かしらがありそうと気づいていた節もある。否《いや》が応でも興味を引く。

　2人は顔を見合わせるも一瞬、春希は本当に申し訳なさそうな顔を作り、手を挙げた。

「あの、先生。先ほどから霧島くんが妙にそわそわしっぱなしで……その、お手洗いに行きたそうにしているんじゃないかと思いまして……」

「なんだ霧島、行きたいなら早く言え。さっさとトイレに行ってきなさい。あと、ちゃんと授業の前に行っておけよ」

「んなっ⁉」

　ドッと、教室中に笑いが広がっていく。男子の一部からは「どんだけ我慢してるんだ」「恥ずかしいやつ」といった忍び笑いも聞こえてくる。

　二階堂春希は清楚《せいそ》可憐《かれん》、文武両道で人気がある優等生だ。彼女の言葉を疑う者はいない。

（こいつ、俺を言い訳のダシに使ったな！）

　隼人が羞恥《しゅうち》で顔を赤く染めながら春希を見れば、片眼を瞑《つむ》ってチロリとピンクの舌先を見せた。

「（ごめんね、隼人）」

「（くっ、貸しだからな！）」

　このトイレを我慢していましたという流れに異を唱える事もできず、隼人はまるで周囲にはギリギリまでトイレを我慢していたとも見える中、真っ赤な顔をしながらお手洗いへと向かうのだった。


終業を告げるチャイムが鳴った。

それを合図に校舎全体が騒《ざわ》めき始め、各教室が喧騒《けんそう》を取り戻していく。

退屈な授業から解放された誰もが放課後の予定を口にして、目当ての人には声を掛ける。

「あの、ごめんなさい。私、今日は友達と約束がありまして」

それは、どこでも聞けるような断り文句だった。

だというのに、それを口にしたのが二階堂春希というだけで、周囲を騒然とさせていた。

「二階堂さんが友達と約束……誰だ？」

「誰かとつるむイメージないのに……」

「あれだろ、今朝言っていた幼《おさな》馴染《なじみ》じゃないのか？」

そんな声があちらこちらから聞こえてくる。

（人気者は大変だな）

隼人はそんな風に囁《ささや》き合う彼らを目端に捉《とら》えながら席を立つ。春希とは別で家に向かう心づもりである。

ただの転校生と人気者の美少女、本来は席が隣以上の接点はなく、これがごく普通の流れのはずだ。

そう思って昇降口までやってくれば、別の意味で注目を集めている声が聞こえてきた。

「誰あの子、あの制服って近くの中学のだよね？」

「結構可愛くない!?　あーし同中《おなちゅう》だけど、あれだけの娘《こ》だったらぜってー覚えてるはずなんですけど」

「って、何で中学生がここに……まさか彼氏待ちか!?」

「あのレベルの子が迎えにくるって……相手はどんな奴だ、顔を見てやる！」

隼人も何事かと思って見てみれば、よく見知った相手だった。妹だった。姫子だった。

田舎の月野瀬《つきのせ》ではまずお目にかかれない人数の好奇の目に晒《さら》され、半ば泣きそうになりながら、所在なげにキョロキョロとしている。

（姫子、そういやあいつ注目されることとか考えてなかったな……）

隼人は妹の残念な姿をみとめ、こめかみを押さえてため息を吐く。

不安になって誰かを待っているその様子は、隼人にとっては挙動不審の妹以外の何物でもないが、周囲にとっては不安になりながらも健気《けなげ》に待ち人が来ないかとそわそわしている姿に見えるようで、概《おおむ》ね好印象のようである。

そんな怯《おび》えているかのようだった小動物は、目当ての人物を見つけるや否や、まるで飼い主を見つけた子犬が全力で尻尾《しっぽ》をふるような勢いで駆け寄った。

「は、はるちゃん！」

「ひめちゃん!?」

春希に駆け寄った姫子は、春希の事情など知ったことかと強引に腕を取り、早く行こうと急《せ》かす。

姫子にとっては一刻も早くこの場を立ち去りたいだけなのだが、周囲からは、あの二階堂春希の腕を親し気に引っ張る女の子になってしまう。

また姫子は、高校にまで来るのだからと、制服姿なりに髪やメイクなど非常に気合を入れていた。それこそ、2人並んでも遜色《そんしょく》ないほどで、「誰、あの子？　レベル高くない？」「同じクラスの奴が言うには再会した幼馴染だとか」といった声が聞こえてきて、ますます周囲の関心を買って居心地悪そうにするのだった。

「……」

隼人はそんな2人の背を周囲の囁き声と共に見送り、少し遅れて春希の家へと足を向ける。どうしたわけか、胸が騒がしい。

その顔は、どこか釈然としない色に彩られている。

まだまだ高い位置で主張をしている初夏の太陽を、巻雲が覆っていった。

隼人は1人、姫子に連れられていった春希の家へと向かっていた。

「あちぃ……」

アスファルトからは陽炎《かげろう》が立ち上り、時折吹く風は清涼さの欠片《かけら》も無い、生ぬるいものである。

隼人は、どこか気分がモヤモヤしているのはこの不快な気候のせいなのか、それとも幼稚なやきもちめいたもののせいなのかは、判断がつかないでいた。

ただ、緩慢に足を動かす。まるで答えを出すのを躊躇《ためら》っているかのようだった。

それでも、やがて歩いているうちに春希の家に到着する。

隼人も何度か訪れている、住宅街にある特段言うべきことの無い普通の家だ。そのはずだ。

いつものようにインターホンを押そうとして、先日この家の暗闇に吸い込まれるかのように帰っていった春希を思い出してしまい――どうしてか躊躇ってしまい、手が止まってしまった。

「……ああ、くそっ、暑《あち》ぃな！」

隼人はその手でガシガシと色んなものを誤魔化すように頭を掻《か》きむしり、その勢いでインターホンを押した。

ピンポンとチャイムが鳴り響く。

そして静寂も一瞬、ドタドタと騒がしい音と共に勢いよく扉が開け放たれた。

「ほら隼人、隼人が来たから！　ね!?」

「おにぃ、はるちゃんを捕まえて！」

「な、何だ!?」

玄関から弾丸のように飛び出してきた春希を、隼人は姫子に言われるがまま、抱きしめるような形で捕まえてしまった。

「くっ、隼人の裏切り者ッ！」

「よ、よくわからんが暴れるな、落ち着け春希」

隼人は色んな意味で困惑してしまっていた。

春希と姫子がどういう状況なのかもさっぱりだし、昔と違って腕にすっぽり収まってしまう小さな身体だとか、摑《つか》んだ腕の柔らかさやその熱、そして暴れる際に当たってしまう春希の胸や太ももの感触もあって、色々戸惑ってしまう。

「ふふっ、おにぃはそのまま、はるちゃんを連行してきて」

「あ、あぁ……」

「くっ、殺せっ！」

姫子には逆らわない方が良いと思わせる、妙な迫力があった。ガックリと項垂《うなだ》れている春希とは対照的だ。有無を言わせず連れ戻される。

しかし、くっころとか言っているあたり、余裕があるように見えた。これもじゃれ合いの一種なのだろう。

「うっ……」

最近通い慣れつつある部屋に足を踏み入れようとした隼人は、思わず一歩後ずさってしまった。

机の上に所狭しと並べられたファッション雑誌に、姫子の部屋で見覚えのあるコスメが広げられている様は、男子は寄るなと言わんばかりのザ・女子といったオシャレめいた空間である。

なるほど、春希が逃げ出すのも無理はない。

そして見せしめにするかのように、ベッドの上に地味かつ味気ないダサいシャツや短パン、ズボンなどが並べられ、隼人は思わず春希の顔を見てしまった。

「おにぃ、あのオシャレと色気から程遠い私服、どう思う？」

「……俺から見てもキツイな」

「隼人っ⁉」

春希は信じられないとばかりに、裏切り者を見るかのように隼人に視線を移すが、その隼人に切ない生き物を見るような目で返される。今度は春希がたじろぐ番だった。

そして隼人と姫子は2人して、春希の壊滅的センスの私服を検分しだす。

「はるちゃん、これは全体的に黒い、もさい、地味と三拍子《さんびょうし》揃《そろ》ってる上にくたびれてるのも多いし、このシャツとかサイズ合ってないいんじゃない？」

「これあれだな、汚れてもいい服というか、ガキの頃着ていたのを彷彿《ほうふつ》とさせるものばかりだな」

「先日のアレは奇跡の賜物だったんだね……」

「そうだな、奇跡だな……」

「うぅ……」

幼馴染の兄妹《きょうだい》2人にダメ出しされた春希は、涙目になって項垂れてしまった。「え、そんなにダメ？」という、か細い鳴き声さえ発してしまう。

しかし、そんな春希を見つめる姫子の目は、ひどく優しい。

「大丈夫だよ、はるちゃん。たとえ昔のままの壊滅的センスな私服で一緒に歩きたくなんかないと思っていても、はるちゃんは、はるちゃんだから。見捨てないから」

「ボ、ボクってそこまでなの⁉」

「ひ、姫子？」

そして姫子は爽《さわ》やかな笑みを浮かべたかと思うと、ニンマリとほくそ笑み、そっと春希に耳打ちする。

最初突然のことに驚きビクッと身構えていた春希であったが、どんどんと真剣な顔に変わっていき、そしていつも隼人に見せている悪戯《いたずら》っぽい笑みを浮かべた。

（一体何を吹き込んで……なんか洗脳しているみたいだな）

隼人は呆《あき》れた顔で、先ほどまでとは打って変わって悪だくみをしているかのような少女2人を見守る。

時々チラチラと隼人を見るところなど、幼い頃に何度か見たような光景だ。

「――て、わけ。どう？　興味出てこない？」

「はい、先生！」

「よろしい、では――」

ピシーッと右手を挙げた春希に、満足気に頷《うなず》く姫子。

そんな姫子を中心に、雑誌を教科書代わりにして、ファッション講座が繰り広げられて行く。

　正直なところ隼人にはよくわからなかったし、春希も今一つな反応である。それでも知ったことかとばかりに姫子の講演は続いて行く。

（ああ、これ、子供の時のママゴトと一緒だな）

　幼い頃、時々そんな我儘《わがまま》を言った姫子に振り回されることもあった。その時と変わらぬ光景だと思うと、隼人はくつくつと喉《のど》の奥で笑いを堪《こら》えてしまう。

　姫子の独擅場は続いて行き、隼人は時折向けられる意見にコクコクと頷くだけのマシーンとなり、春希は目を回して頭から煙を出す装置となる。

　だけど皆、顔を見合わせれば笑顔だった。

「――以上よ。あー喋《しゃべ》りすぎて喉が渇いちゃった」

「そういやボク、何も出してないね。紅茶でいい？」

　そう言うなり春希は立ち上がり、階下のキッチンへと向かう。

　隼人はふぅ、と大きなため息を吐いて、伸びをする。姫子はそんな兄に、咎《とが》める様な目を向けた。

「おにぃ、はるちゃんは確かにはるちゃんだけど、あれでも女の子でもあるんだよ？」

「あれでもって、酷い言い草だな」

「ほら、お手伝いに行ってあげなよ」

「あー」

気の無い返事をしつつも、隼人は立ち上がった。

姫子に言われて、先ほどの腕などに感じた春希の感触を思い出してしまったからだ。その顔を、妹に見られたくないというのもある。

なんだか複雑な思いが胸に渦巻いており、それを誤魔化すように、階段を下りながらボリボリと頭を掻く。

思えば春希の部屋以外に入ったことは無かったが、それでもキッチンの場所はすぐにわかった。扉が少し開いて灯《あか》りが漏れていれば、一目瞭然《りょうぜん》というものである。

「春希、持ち運ぶの手伝うよ」

「…………ぁ」

どこか間の抜けた春希の声が漏れる。隼人の目にその奥にあるものが飛び込んでくる。

そこは、キッチンからリビングが見渡せる、よくあるＬＤＫの形であった。

だがよくある形とは裏腹に、そのリビングは異質な雰囲気を隠せないでいた。

散乱しているチラシの束にいくつもの紙袋、まだ明るいというのに締め切られた雨戸、やたらと整頓《せいとん》されているにもかかわらず埃《ほこり》を被《かぶ》った家具類。

明らかに長い間、誰かが使った痕跡《こんせき》の無いリビングだった。

視線をキッチンの方に戻せば、大量の弁当容器と冷凍食品の包装が詰められたゴミ袋。

それは今の春希の状況を、雄弁に物語っていた。


「……春、希」

「あ、あはは……」


隼人の口からなんとも形容しがたい言葉が漏れる。

だというのに春希はただ、困った笑みを浮かべるだけだった。

隼人の中で、今までのものが一気に繋《つな》がっていく。

擬態、コンビニ弁当、冷凍食品、灯りの点《っ》いていない家にこのリビング、そして1人っ子。

思えば春希の部屋にあった物は、ゲームに漫画、プラモデルと、1人で時間を潰《つぶ》せる物ばかりとも言える。


「あー隼人、そのこれはね、アレなんだ。アレというかアレでさ、アレっていうか……」

さすがにまずいものを見られたと思ったのか、春希は目を泳がせ、あたふたと手を振り、アレを連呼しながら誤魔化そうとしてくる。

思い返せば、隼人はこの家で春希以外に顔を合わせた者は居ない。その気配すらない。

きっともう何年も、春希はこの家でずっと1人だったに違いない。

そのくせ今のように笑みを浮かべて大丈夫だよ、平気なんだという体《てい》を繕おうとする。

隼人はそれが、

とても、

無性に、

気に入らなかった。

それだけでなく、もっと早く気付けなかった自分自身が、やたらと腹立たしかった。

「……行くぞ、春希」

「え、ちょ、隼人！　待って、行くってどこにっ……」

隼人はお湯を沸かしているコンロを止めて、強引に春希の腕を取る。

春希からはその顔は怒っているかのように見えて、声を上げてみたものの、どんどん語尾は小さくなっていってしまう。

「おにぃ、はるちゃん、どうしたの？」

さすがに最初に発した春希の声が大きすぎたのか、姫子も一体どうしたことかと様子を見に来る。

姫子がそこで目にしたものは、春希の腕を引く隼人の姿だ。幼馴染《おさななじみ》の美少女を強引にどこかへ連れていこうとする兄の姿だ。

さすがに何かを言おうとするものの、隼人の顔を見て止める。

その顔はひどく険しく、何を言っても聞く気が無いというのを感じさせる意志の強いものだった。だけど姫子は過去の経験からこういう顔の時の兄は、相手を思ってのことだということも、そして頼りになるということも知っている。

「姫子、スーパーに寄って家に戻るぞ」

「うん、わかった。荷物纏《まと》めるね」

「ひ、ひめちゃんも!?」

春希はわけがわからないまま、有無を言わせぬ幼馴染兄妹に手を引かれていく。

一体どうしてこうなっているのかは、わからない。

だけど、春希は自分のことを思っての行動だというのはわかってしまい、不思議と悪い気分ではなかった。

「あの、ボク着替えてからでも……」

「制服でいこ？」

「あっはい」

ちなみに私服に着替えさせてと言う春希の要求は、物凄《ものすご》い笑顔の姫子に却下された。

春希の家から少し離れた10階建てのファミリー向けマンション。

その6階にある幼馴染の家、そのキッチンに、先ほどスーパーで買ったものが並べられている。

「えぇっと……」

隼人と姫子に強引に連れてこられた春希は、状況を把握できないでいた。

「俺は野菜をみじん切りにしていくから、姫子はニンニクと生姜《しょうが》をすり下ろしてくれ」

「りょーかい。はるちゃんはボウルと調味料出してくれる？」

「え、うん……って、どこにあるの？」

何をしたいかはわかる。夕飯作りだということもわかる。

だが、どうしてこうなっているかというのと、具体的に何を作るかというのはピンと来ない。だから春希は隼人と姫子に言われるがまま、調理の手伝いをしていく。

（隼人、随分と手慣れてるんだ……）

初めて隼人が調理をするところを見たのだが、素人目からも随分テキパキと動いており、かなりの熟練度が窺《うかが》える。春希はそれを少し不思議と感じた。

そんな春希の心境とは別に、調理は着々と進んでいく。

豚ひき肉に刻んだニラ、キャベツ、白菜、長ネギ、椎茸《しいたけ》、それにすり下ろしたニンニクと生姜、塩コショウ、醤油《しょうゆ》で味を調え、こねくり回して餡《あん》を作る。

それに小麦粉で作られた丸い皮を出されれば、さすがにこれから作ろうとしているものの予想は付く。

「ぎょうざ？　それにしては随分と量が多そうだけど」

「作るの結構手間だからさ、人手がある時に作れるだけ作っておいて、残りは冷凍しようと思って」

「あは、お客様に手伝わせるんだ？」

「春希だからな」

「ボクだからか……ふふっ、そっか」

黙々と3人でぎょうざの餡を包む。

春希は最初こそ手間取ったものの、さすがの優等生、一度コツさえつかめば器用に成形していき、隼人も舌を巻く。

その中で姫子だけが、歪《いびつ》なぎょうざのオブジェを量産していた。

「ひめちゃん……うわぁ……」

「う、うるさい！　あたしはおにぃが作ってくれるからいいの！」

「できて損はないと思うが……」

だからといって姫子がぎょうざを作る手を止めるわけではない。３人の顔は笑顔であり、このぎょうざ作りを楽しんでいるのがわかる。

そして包み終わったぎょうざを油をひいて熱したフライパンで、小麦粉を溶いた水で蒸し焼きにすれば、綺麗《きれい》な羽付きぎょうざが出来上がる。

ご飯とみそ汁、先日三岳《みたけ》みなもにもらったナスの一夜漬けを並べれば夕飯の完成だ。

「わぁ……！」

ダイニングに並べられたそれを見て、春希は感嘆の声を上げる。彼女の胸に、何とも言えない高揚感が湧いてくる。

「いただきま～す……って、熱っ！　おにぃ、水！」

「何やってんだ姫子……ん、食べないのか春希？」

「あ、うん。いただきます」

熱いと騒ぐ姫子、やれやれと水の世話をする隼人。

春希はそんな2人を見ながらぎょうざを口に運ぶ。

「あつっ、でもおいしい」

ひどくおいしく、そして懐かしいような味がした。格別な味だった。

思えば春希にとって、誰かとこんな風に食卓を囲むのは、随分と久しぶりのことである。

次々と箸《はし》が進んでいき、気付けば大量にあった大皿に盛られたぎょうざは残り少なくなっており、春希と姫子の奪い合いが繰り広げられる。

「米も食え、米も」

「だって、はるちゃんの勢いが！」

「んぐっ、んん〜〜〜っ！」

そんな下らない子供じみたやり取りをしながら夕食は進んでいく。春希はお腹だけじゃなく心まで満たされていくのがわかる。

（あぁ、そうか。ボクって思った以上に心が弱っていたんだ……）

だからこそ隼人は強引にでも春希を連れてきたのだろう。

しかしその隼人といえば、春希に何と言っていいかわからず、こういう風に食卓を囲んだ。春希は不器用な奴、とほくそ笑む。不意に目尻《めじり》に涙が溜《た》まるのを自覚する。

隼人はそんな春希の顔を見て、どこか言いにくそうにしつつ、頭をバリバリと掻《か》きながら言う。

「その、な……基本的に夕食は姫子と2人のことが多いんだ。だからさ、春希さえ良ければこれからは夕飯、うちで一緒に食べないか？」

「……ぇ？」

春希は一瞬、何を言われたのかわからなかった。

隼人や姫子の家族は？　だとか、だから料理の手際が良いんだとか、様々な疑問が浮かび脳裏を過《よぎ》る。

だけど、口から出たのは純粋な疑問だった。

「どうして？」

春希はどうしてここまでしてくれるのかわからなかった。向けられた厚意に戸惑ってしまう。

隼人の言葉は親切の裏にある打算や欲望、そういったものに塗《まみ》れた感情ばかりを向けられてきた春希を、ひどく混乱させる。

春希自身にも色々な想いがある。言えないこともある。隼人だって気になるはずだ。

だけど何を言うわけでもなく、そんなことを言ってくれて、手を差し伸べてくれて……

どうしてそこまでしてくれるのかが、どうしてもわからない。

「そりゃ、春希だから……ともだちだからだろ」

「……ぁ」

だというのに、返ってきたのはそんな単純な理由で――だからこそ心に響いて、目尻に浮かんでいたものが零《こぼ》れそうになり、慌てて指先で拭《ぬぐ》う。

「そっか、ボクだからかぁ」

「……そうだ」

「これも隼人の貸し、かな？」

「別に貸しにしなくていい」

「じゃあさ、約束」

「……ほれ」

そう言ってどこかぶっきら棒な隼人と、悪戯《いたずら》っぽい笑みを作った春希は小指を絡めあう。

互いに言えないことはある。だけど言わなくても伝わるものがあった。

「まったく、相変わらず仲が良いんだから……」

姫子はそんな２人を呆《あき》れたように、そして少し羨《うらや》ましそうな瞳《ひとみ》で見ていた。

第10話　姫子の決意

マンションから歩いて20分。

月野瀬《つきのせ》の田舎と違って小学校と一緒くたになっておらず、木造1階建てでなく鉄筋コンクリート3階建ての校舎。それが姫子《ひめこ》の通う中学校である。

制服も以前の野暮ったいジャンパースカートでなく、可愛らしいチェック柄のスカートと襟のところに同じ柄をあしらったセーラー服は、お気に入りだ。

その姫子であるが、この都会の学校に於《お》いてもなかなかの美少女ぶりであった。

勝気でクリッとした瞳、緩くウェーブのかかった髪、スタイルもごく一部のこれからの成長に期待的な部分を除けば、スラリとしており悪くない。

転校生ということも相まって、非常によく注目を集める存在だった。

そんな姫子が遅刻寸前に教室に飛び込み、「はぁ……」と切なげにため息を吐けば、それはよく目立つ。

早速仲良くなったクラスメイトの女子、鳥飼《とりがい》穂乃香《ほのか》が何事かとばかりに話しかけてくる。

「姫子ちゃん、ため息って……何かあったの？」

「あーうん、ちょっとね」

「またテレビの放送日がズレてて焦っちゃったとか？」

「1週見逃したーって騒いだけど、今は大丈夫」

「木の電信柱が見当たらない違和感とか？」

「それはもう慣れてきたかな」

「じゃあ今日も道路で死んでるカエルやトカゲを一切見かけなかったこととか？」

「本当に見ないよね――って、あああたし田舎者ちゃうし！」

「あはは、そうだねー」

顔を真っ赤にした姫子は立ち上がって必死に否定をするが、鳥飼穂乃香や周囲の皆は、その姿を微笑ましく見守っている。

田舎者であることを隠している姫子であるが、コイン精米所がないことに驚いたり、私鉄の概念を知らなかったりと、転校初日にしてその残念さが露呈してしまい、以来いじられ系マスコット的な立ち位置になっていた。

ちなみに姫子本人は、まだ田舎者とバレていないつもりである。

「で、どうしたの？　また何か、前に住んでたところと違って驚いたことがあったの？」

「うん、そんな感じ。今回はモノじゃなくて人だけど」

「人？」

「おにぃの昔の友達。あたしも数年ぶりに再会してさ、すっかり様変わりしちゃってて、うーん、なんていうか心がモヤモヤするんだよね」

「どんな人だったの？」

「うーん、おにぃと一緒に野山を駆け回って、悪戯好きでよく怒られてて、それでもあたしのことも気に掛けててくれて構ってくれた悪ガキって感じの人だったんだけど、なんか見た目優等生～って感じになっちゃっててさ」

「ふぅん……好きだったの？」

「あー……うん、そうかも。好きだったのかな」


――好き。


その言葉がストンと姫子の胸に落ちた。

幼い子供特有の、漠然とした淡い気持ち。初恋と呼ぶのも躊躇《ためら》うあやふやな感情。それでも好きという言葉に当てはめると、それらが収まっていくのを感じた。

きっと好きだったのだ。それがどういう好きだという気持ちなのかはわからない。だけど、確かに姫子は春希《はるき》のことを男の子だと思っていた上で、好きだったのだ。

しかし、もしそれが本物の気持ちだったとしても、姫子の想いが叶《かな》うことは決して無い。春希が女の子であることは覆らない。

甘く切ない痛みがズキリと胸を襲う。知らず、姫子は自分の薄い胸に手を当てていた。

「ズルいなぁ」

「姫子ちゃん……？」

再会し、当時から考えられない姿になっていた幼馴染《おさななじみ》。悪ガキ大将といった面影はどこにもなく、同性ながらため息が出てしまうほどの清楚可憐《せいそかれん》な容姿。

だけどかつてと同じ様に、兄の隣に立っている姿を目の当たりにすれば、なんだかズルいという言葉以外に譬《たと》えようのない気持ちだった。

鳥飼穂乃香はそんな切なそうに呟《つぶや》く姫子を見れば、さすがに揶揄《からか》う気持ちは起こらなかった。

むしろ彼女の中の恋愛乙女センサーが活発に反応してしまい、お節介を焼きたいと思わせてしまった。それはクラスの女子たちも同じだったようで、次々に集まり姫子を囲む。

「霧島《きりしま》さん、その人のこともっと詳しく！」

「その人のことがよくわかるエピソードとかないの⁉」

「ズルいって、その人のこと今はどう思ってるの⁉」

「あれだよ、しっかりと自分の気持ちを伝えないと、後悔しちゃうよ！」

「え、その、あぅ……後、悔……」

月野瀬の田舎では同世代の女子に囲まれるという経験が無かった姫子は、一斉に群がられて代わるがわる声を掛けられ目を回してしまう。

しかしその中で1つ、聞き逃せない単語があった。


――後悔。


姫子には1つ、ひどく後悔していることがあった。

(沙紀《さき》ちゃん)

月野瀬の田舎で唯一と言っていい同世代の親友。ずっと一緒に育って来た女の子。

急な引っ越しだったこともあり、その直前まで告げることができなかった。

『もっと早く言って欲しかった！　私、姫ちゃんともっとやりたいこともあったし、それにお兄さんともまだ……っ』

それはもう号泣だった。宥《なだ》めるのにも苦労した。最後は一緒に泣き叫んだ。

笑って許してくれて今も連絡を取ってはいるけれど、やはり物理的な距離は如何《いかん》ともしがたいものがある。

どうしたわけか沙紀と隼人《はやと》はずっとギクシャクしたままだったし、そのわだかまりを残したままの引っ越しとなってしまった。

姫子はそんな沙紀のことを思うと、より一層強い後悔が胸を襲う。

（沙紀ちゃん、今でもおにぃのこと気に掛けてるみたいだしね）

そう思うと姫子は、こうしちゃいられない、何かやらなければという思いが湧いてくる。

そして、パンパンと頬を叩《たた》いて立ち上がった。

「よし、あたし頑張る！　まず、はるちゃんと色んな話をして、仲良くなる！　親友になる！」

そして姫子がえいえいおーとばかりにこぶしを振り上げれば、周囲から鳥飼穂乃香たちは「「「おおぉおぉ～」」」と声を上げてパチパチパチと拍手をする。そんな彼女たちは、どうしたわけか獲物を見つけた肉食獣のような目をしていた。

「うんうん、今後の話をしようか、姫子くん」

「お姉さんたちにもっと色々話してごらん？　力になってあげよう」

「これは久しぶりにタピりながら会議をせねばなるまい」

「って、今更タピオカ会議？　今もう売ってるところなくない？」

「あう、いや、その……って、タピオカ!?　今流行《はや》りの!?　うそ、あたし飲んでみたい！」

「「「……」」」

もはや旬はとっくに過ぎたタピオカである。彼女たちとしてはネタとして出しただけなのに、姫子は耳聡《みみざと》く食いついてしまった。

田舎では流行が回ってくるのが遅く周回遅れになる――それを見事に体現する姫子であった。

「うんうん、それでこそ霧島さんだ」

「よーし、お姉さん奢《おご》っちゃうぞー！」

「姫子ちゃんはいつまでもそのままでいてね？」

「え？　あれ、皆？」

周囲の反応に戸惑う姫子。

教室中の顔はひどく優しく微笑ましい。中には肩を震わせ笑いを堪《こら》えている者さえいる。

こうして姫子はまた、クラスのマスコットとしての地位をより一層確立していくのであった。

◇◇◇

週末の休みを控えた金曜日。隼人のスマホを選びに行く約束をした前日、平日最後の日の夕方。

この日も朝から蒸し暑く、それは夕方になっても一向にやわらぐことはなかった。

「あ〜う〜ただいまぁ〜、おにぃ、アイスぅ〜」

「冷凍庫にあるから勝手に持ってけ」

「あ、ひめちゃんおかえり〜」

姫子が汗だくになって帰ってくれば、クーラーの利いた部屋で出迎えてくれたのは、キッチンで夕飯を作る兄隼人と、リビングのソファーで寝転びながら漫画を読む春希であった。

夕飯を一緒にする——その約束をした春希は、早速とばかりに隼人と姫子の家に訪れていた。気心知れた仲だからこそ、彼女の中には遠慮というものは無かったらしい。もっとも、寂しいという気持ちも強かったのかもしれない。

しかし、その春希の姿は色々ひどかった。姫子が思わず眉《まゆ》をひそめてしまうほどの寛《くつろ》ぎようだった。

ソファーの上でクッションを抱いて俯《うつぶ》せで寝転び、スカートが捲《めく》れ上がるのなんてまるで気にせず、靴下を脱いだ足をパタパタと動かしている。その女子としてはあまりにガードが緩すぎる有様は、案の定姫子の目に、紺色で地味で色気のないボクサータイプのショーツを見せていた。

「はるちゃん、それ……」

「ん？　あ、これね！　ちょっと前にアニメになって流行った大正時代がアレな漫画！　品薄で全然買えなかったけど、やっと手に入れられたんだ。ほら、ひめちゃんもこっち来て一緒に読もうよ」

「いやその、そうじゃなくて……」

「うん……？」

きょとんと首を傾げる春希。姫子も思わず「うっ」と、唸《うな》ってしまうほど愛らしい。

しかし可愛くしかも際どく色っぽいはずの姿にもかかわらず、あまりに残念すぎる姿であり、思わず額に手を当てた。

姫子が兄の方に目を向けてみれば、そんなことよりもとザクザクと野菜を切っている姿が目に入る。

まるでこれが自然体だといった感じで、全く気にしているという風はない。

良くも悪くも昔と同じ関係に、呆《あき》れつつも口元が緩んでしまう。

「ひめちゃん、ほらほら！」

「……もぅっ！」

身を起こした春希は、漫画を片手にきらきらした目でパンパンとソファーの隣を手で叩く。どうやら一緒に漫画を読もうということらしい。

姫子は大きなため息を吐きつつも、春希と一緒に漫画を読むことにする。

それはバトルアクションがある少年漫画なのだが、この少女2人にとっても非常に心に突き刺さったらしく、夢中になってしまう。

「はるちゃん、続きは、2巻はどこ!?」

「はい、これ。ようこそ、沼《こちらがわ》へ！」

「何やってんだ、あいつら……」

結局2人は、夕飯が出来上がるまで無言で読みふけっているのであった。

「いただきま～す」

「う、おにぃ、これ……」

「トマト、残さず食えよ」

本日の夕飯は冷しゃぶサラダうどんだった。

細めの麺《めん》を冷水でしっかりと締めたうどんに、水菜、ベビーリーフ、長ねぎ、キュウリにカイワレ、トマトを載せて、豚バラ肉を冷しゃぶにしたものを合わせたものだ。

それにポン酢かごまダレ、その他ドレッシングをお好みでとなる。

今日は暑くて皆も食欲はあまりなかったが、あっさりしたこれならばと、ぺろりと平らげた。

ちなみに苦手な生トマトを出された姫子は渋い顔をしたものの、隼人の妙な圧を受けながら無理矢理飲み込んだ。

食事を終えてお茶で一息吐いている時、ふと何かに気付いたといった様子の姫子が声を上げる。

「あ、そうだおにぃ、明日《あした》の土曜日さ、はるちゃん借りていい？」

「え、ボク？」

「まぁ、スマホは日曜日に見に行けばいいし」

姫子は春希と共に隼人がついにスマホを選びに行くことを知っていた。

そして、春希の私服のセンスが壊滅的だということを知っていた。知ってしまった。あれは年頃の乙女として、とてもじゃないが看過できない。

「そそ、デートしよ、はるちゃん。友達デート」

「デ、デ、デ、デ、デ、デートぉ⁉　ボクと⁉　ボク、デートなんてしたこと無いよ⁉」

春希はデートという単語に反応して、急に顔を真っ赤にして慌てふためく。そうしたことに耐性が無いのか初々しい反応である。姫子は、グッと揶揄《からか》いたくなる気持ちを抑え込みながら言葉を紡ぐ。

「そんな大層なものじゃないよ。はるちゃんだって今まで散々おにぃとデートしてるじゃん。野山散策デートに川飛び込みずぶ濡《ぬ》れデート、6時間耐久セミ取りデートとかもあったっけ？」

「あ、確かに」

「まったく、色気の欠片《かけら》も無いデートだな」

あぁ、なるほどと手を叩く春希。当時のことを思い出して、くつくつと喉《のど》の奥で笑いを噛《か》み殺す隼人。

「つまり、ボクとひめちゃんの2人で遊びに行くってことかな？」

「うん、そうそう」

「えーじゃあ、何して遊ぶ？　てか隼人はいいの？　のけ者になっちゃうよ？　ボクとしては3人で――」

「服」

「3人で――」

「はるちゃんの服を買いに行きます」

「――姫子、さま……？」

姫子の目は笑っていなかった。使命感すら帯びていた。そして逃さんとばかりに、獲物を見つけた狩猟者の笑みを浮かべている。

春希はゾクリと背筋に薄ら寒いものを感じ、笑顔が固まる。

「は、隼人っ！」

「さ、さぁて、洗い物をしないとな」

「裏切りものーっ！」

必死に助けを求めるものの、隼人は巻き込まれてはたまらないとばかりにキッチンに逃げ込む。その背中は、男が居たら邪魔だろうと、雄弁すぎるほどに主張しまくっている。

春希は、そういう女子らしいことが苦手だった。

敢《あ》えて関わろうとしてこなかったと言ってもいい。

「あたしさ、はるちゃんと一緒にさ、服選んだりとか、もっとお喋《しゃべ》りしたりとかさ、昔以上に仲良くなりたいんだ」

それは姫子の心からの言葉だった。

だから春希も、姫子の真剣な目での訴えになると、心が絆《ほだ》されてしまう。

そして、負けたとばかりに大きなため息。

「わかった。じゃあ明日、デートしよっか」

「はるちゃん！」

感極まった姫子が笑顔になって、ヒシとばかりに手を握ってくる。春希はこの年下の幼《おさな》馴染《なじみ》に慕われているのを実感し、心が温かくなる。

そして姫子は強引に春希を立ち上がらせ引っ張っていく。その顔は清々《すがすが》しいまでの笑顔だった。

「あの、ひめちゃん？」

「あたしの服貸すからさ、明日着ていくものを選びに行こ？」

「え？　え？　え？」

まさかあのダサい私服で出掛けるわけはないよね？　と姫子は有無を言わせぬ迫力で、春希を自分の部屋へと引きずり込んでいく。そして始まる強制ファッションショー。

「んー、なんか違う。じゃあ次はこれ」

「みゃあぁあああぁ〜〜〜〜〜、まだやるの〜っ⁉」

その日、霧島家には夜遅くまで春希の切ない鳴き声が響き渡った。

第11話　野菜の花束

土曜日の朝、その朝食後。

隼人《はやと》はリビングで姫子《ひめこ》のファッションチェックに付き合わされていた。

「これどうかな？　ちょっと子供っぽすぎないかな？」

ソファーの前で姫子はくるりと回り、ワンピースの裾《すそ》を翻す。ノースリーブの花柄で、如何《いか》にも女の子ですといった甘めのデザインだ。姫子はどこか納得いかないのか、うんうんと唸っている。

「あーうん、いいんじゃないか？」

「もう、おにぃ！　真面目に答えてよね！」

「と言われてもな……」

ちなみに姫子が隼人に意見を求めるのは、これで３度目である。

今の１つ前は胸元がざっくり開いたカットソーにミモレ丈のチュールスカートでちょっ

と大人っぽい恰好《かっこう》。その更に前は先日夜のコンビニに着ていった年相応といった恰好だ。

（どれも似合ってるし、どれでも良いと思うんだけどなぁ）

姫子は結構な衣装持ちである。

そして、状況に応じたこだわりがあるらしい。

しかしながら隼人にはそんな妹のこだわりなんてわからないし、聞かれても困るというのが正直なところだった。そんな考えが隼人の顔に出てしまっており、ますます姫子の頬を膨らませる要因になってしまう。

姫子が不満げな顔をしたまま隼人に詰め寄ろうとした時、ふと時計の針が目に入り慌て始める。

「あ、もう時間が！　むぅ、しょうがない、これでいいか。はるちゃん一応、あたしより年上だし」

「え、もう出るのか？　まだ9時前だぞ？」

「ふふっ、そりゃあ、はるちゃん家に寄って着させたりすると時間もかかるでしょ？」

「あぁ……」

それじゃと言って、姫子はお気に入りのサンダルを履いて飛び出して行った。あの勢いのまま春希《はるき》の家に押しかけるのだろう。

姫子を見送った隼人は、やっと解放されたとばかり大きなため息を吐いてソファーに座って伸びをした。

周囲を見渡せば、荷ほどきもほとんど終わって片付いた綺麗《きれい》なリビング。隼人の部屋も似たようなものだ。姫子の部屋はまだ半分以上残っているが、隼人がやるわけにはいかないだろう。

かといって、他にやるべきことが無いというわけじゃない。

「さて、やるか。ええっと、こっちだと燃えるゴミは月曜か――」

ごみの分別に、水回りやリビング廊下といった共有部分の掃除。溜《た》まった洗濯物のついでとばかりにベッドのシーツも洗う。

その手際は随分手慣れており無駄がなく、テキパキとこなしていく。

さすがに姫子の下着を干す時だけは眉間《みけん》に皺《しわ》が寄った。別に不満があるというわけじゃない。いかに妹と言えど、異性の下着に触れることに少しだけ抵抗があったのだ。

そうこうしているうちに家事も終わる。月野瀬《つきのせ》の家と比べると小さいので、予想よりもすぐだった。

時刻は11時の少し前。

お昼にするにはまだ早く、それに1人分だと作る気にもならない。一応、何かないかと冷蔵庫を覗《のぞ》いてみるも、見事に空。どちらにせよ、外に出る必要があった。

「……行ってみるか」

隼人は逡巡《しゅんじゅん》した後、自分に言い聞かせるように呟《つぶや》くと、リビングの棚からとある封筒を取り出した。そしてノートパソコンを起動させ、そこに書かれている住所の場所を確認する。

その顔は、どこか神妙な面持ちだった。

マンションから出た隼人は、最寄り駅へと向かった。取り立てて言うべきことの無い、ごく普通の駅舎である。

そこで隼人は「本当に10分くらいで駅に着くんだ」とか「1時間に10本も電車があるなんて」と驚きつつ、2駅分の時間を車両に揺られることになる。そこでまた「え、1駅分てこんなに短いの!?」と驚きつつ電車を降りれば、そこからも確認できる白亜の大きな建物を目指した。

郊外とも言えるところにあるそこは、やたらと広い駐車場と憩いの場のような広場があり、芝生や花壇が植えられていた。緑が多いにもかかわらず、どこか無機質な印象を抱かせる。

やたらと間口の広いロビーに入り受付を済ませると、6階のとある部屋を目指す。

617――そう書かれていたのが、母が入院している病室だった。

「あら、隼人？」

「母さん」

6畳ワンルームといった感じの病室では、やや痩《や》せて線が細くなった母が、果物ナイフで梨を剝《む》いているところだった。

「食べる？　リハビリ兼ねて剝いていたら、やりすぎちゃって」

「ああ、うん……って、量が多いな⁉」

「あっはっは、3個分あるからね！」

「食べきれるのか、これ？　何やってんだよ」

「大丈夫よ、余ったら今夜にでもお父さんに食べさせるし」

「親父……」

隼人はケラケラと元気そうに笑う母から、無駄に丁寧に木の葉やウサギに飾り切りした梨を受け取り口に運ぶ。シャキシャキとした食感と甘酸っぱい香りが口の中に広がっていく。

母はそんなおいしそうに食べる隼人の姿を目を細めて見ており、その視線に気付いた隼人は何だか気恥ずかしくなってそっぽを向き――そして気になっていたことを聞いた。

「あーその、大丈夫そう……なのか？」

「そりゃあ手術も成功したしね。多少指先に痺《しび》れはあるけど、それも近いうちにリハビリ病棟に移れそうだし……それより姫子は？　泣いていない？」

「元気にしてる。今日もはる――友達と遊びに出掛けた」

「そっかー」

　それを聞き、母はあからさまに安堵《あんど》の表情に変わり、ため息を漏らす。隼人も元気そうな母の姿を見て、安堵の息が漏れた。

「じゃ、俺はもう帰るよ」

「あら、ゆっくりしてけばいいのに」

「勘弁」

結局、梨3個分をぺろりと平らげた隼人は、名残惜しそうにする母を背に、そそくさと部屋を出る。

　一刻も早くここを出たい――そんな思いがあった。

　母が倒れたのは、姫子の目の前で倒れたのは2度目だった。

大丈夫だとは父から聞いていたものの、実際目にすると思った以上に状態も良さそうで、安心したというのもある。

隼人は病院という場所が苦手だった。

日常とかけ離れた場所、異常事態が具現化されたスペース。

清浄であろうと演出する白く清潔な空間は消毒薬の匂いで香りづけされ、至る所に刈り取られた色とりどりの花が、晒《さら》し首のようにしかし華やかに装飾されている。

そんなどこか歪《いびつ》さを感じさせる場所——それが隼人にとっての病院だった。

「あ」

「え？」

だからそれを見た時、ひどく驚いた。

それを持つのは、羊に似たくりくり髪の小柄な少女。校舎の花壇に野菜を植える、一風変わった女の子。

「み、三岳《みたけ》さん？」

「霧島《きりしま》さん……？」

どこか見慣れた、白、黄、紫の鮮やかな花束——野菜の花の、花束だった。

それは花束というより、丸く花々がキュッとコンパクトに詰められており、ブーケと言った方がしっくりくる。

　ズッキーニの雄花を中心に、花冠を編む要領で編まれたナスやトマト等の白や黄、紫の小さな花たちが周囲を賑《にぎ》わす。

　花のことがよくわからない隼人にも、それが凄《すご》く手の込んだものだということはわかる。

　そして何より――

「可愛らしいな」

「……えっ⁉」

「花がいっぱい集まって賑やかでさ、ははっ、野菜の花もこうして見てみれば、全然印象が違うや」

「……あ、あのその、剪定《せんてい》で！　切り落とした子たちも、こうすればって思いまして！」

「そっか、すごいな三岳さんは」

「っ！」

　隼人は素直に感心していた。

　何故、野菜の花？　どうして三岳さんがここに？　色々と思うこともある。

　だけど隼人にとってそんなことが吹き飛んでしまうくらい、野菜の花ブーケが生き生きしている様に見えた。それを作り出した三岳みなもを、賞賛の目でまじまじと見てしまう。

「あうう……」

三岳みなもは困惑していた。

ただでさえ「可愛らしい」なんて言葉を不意打ちで浴びせられた上、異性からのそんな目を向けられてしまうと、彼女の頭は真っ白になってしまい、涙ぐみながら「あぅあぅ」と鳴くだけの生き物になってしまう。

（んー、……やっぱり似てるよな）

隼人にはそれがやっぱり、月野瀬の源《げん》じぃの驚くとメェメェと鳴くだけしかできなくなる羊に似ていると感じ、喉《のど》の奥でくつくつという笑い声を嚙《か》み殺す。

自分を笑われたと思ってしまった三岳みなもは、ますます顔を真っ赤にしていき、恥ずかし気に身動《みじろ》ぎし――そして隼人に向かって、勢いよく何かが飛んできた。

「うわっ！」

「きゃっ！」

パシッとそれを受け止めてみれば、コーラのペットボトルである。

わけがわからなかった。

一体誰がと思って周囲を見渡せば、顔をゆでだこのように紅潮させた入院着の老人が、オーバースローの投げ切ったフォームのまま、わなわなと肩を震わせている。

「き、きき、き、貴様、この小僧ーっ！　ワシのみなもに何しておるかーっ！」

「おじいちゃん！」

「え……えぇっ⁉」

三岳みなもの手にある野菜の花ブーケに入院着姿の老人。

その1つと1人を交互に見やった隼人は、どういう状況なのかというのを察する。

「おい小僧、そこに直れ。みなもを泣かせおって……一体何をした⁉　まさか……答えろ、場合によっては容赦せん！」

「いや、俺はそのっ、ちょっ……」

「待って、おじいちゃん違うのっ！」

何を勘違いしたのか老人は、歩行補助用のシンプルな杖《つえ》を振り回す。

その顔は孫娘同様真っ赤に染まっており、一周回って冷静になっていた隼人は「あ、血筋かな？」などと思ってしまう。

だがその気迫と目つきの鋭さは、隼人をして猟友会の熟練ハンターよりも熾烈《しれつ》さを感じさせるほどで、たじろいでしまった。事実、振り回してきた杖の太刀筋は、老人のそれと思わせないほど苛烈《かれつ》であった。

「よくもワシの孫娘をーっ！」

「痛っ、痛ーっ！」

「お、おじいちゃーん！」

だからこの誤解を解くのには、結構な労力を費やすことになるのだった。

◇◇◇

数分後、近くの大部屋の病室。

そこで隼人は、三岳みなもの祖父に頭を下げられていた。

「小僧、悪かった。よし、これでもういいか？」

「は、はぁ……」

「三岳の。そんなおざなりじゃ、みなもちゃんに怒られるぞ？」

「そうだぞ三岳のジジイ、みなもちゃんが口を利いてくれなくなってもしらねーぞ？」

「くっ……すまん悪かった！　だから許しやがれ、この小僧」

「は、はぁ……」

だがその姿は不承不承といったものであり、他の大部屋の仲間たちからも言われて仕方なくといった様子だった。まだ納得していない、そんな気持ちがありありと伝わってくる。

「まぁまぁ三岳の。ときに少年、君が最近みなもちゃんに野菜のことを教えてる先生かい？」

「せ、先生？」

「おかげでみなもちゃん、最近は嬉《うれ》しそうに笑うようになってさ、ありがとよ」

「あの爺《じい》さんだって、陰じゃその先生に感謝してんだから」

「……ふんっ」

「は、はぁ……」

　三岳みなもの祖父が隼人を捉《とら》える瞳《ひとみ》はやけに鋭く、敵意も剝き出しだ。とっつきにくい相手に感じる。しかし周囲からも揶揄《からか》われているところを見れば、孫娘さえ絡まなければ、といったところか。

　それと随分、三岳みなもも周囲に可愛がられているのだなと思った。それだけ、足しげくここに通っているのだろう。

「それで小僧、転校生らしいが……何故だ？」

「へ？」

「何故、うちのみなもに話しかけた？」

「それは……」

「みなもが可愛いのはわかる。翼の無い天使と言ってもいい。話しかけたくなる気持ちもわからなくはない。ナンパか？　遊びか？　もしそうなら――」

「ち、違います！」

　尋常ならざる気迫だった。

　そして一拍の間もおかず、隼人の目の前に杖を突き付けられ、喉の奥から変な声が出る。

　返事次第では命を刈られる――それが冗談だと一笑に付すのが難しいものを感じてしまい、堪らずそのまま思っていたことを口にした。

「い、以前住んでいたところの、近所の子に似てたんです！　よく世話をした子で、慌てふためくところとかがそっくりでっ、放っておけなくなって！」

「ほう、みなもが？　相手はどんな子だ？」

「同じ様なくりっとした毛をした、8歳の女の子ですっ」

「それで声を掛けた、と」

「は、はいっ！」

　三岳みなもの祖父は、少し釈然としないといった表情を浮かべる。

　しかし他の病室の人たちは「わかる」「そそっかしいところあるもんな」「飴《あめ》ちゃんあげたくなっちゃう」といった、肯定的な言葉を呟《つぶや》く。

　隼人は「あ、あはは……」と誤魔化すような声を上げるが、8歳の女の子といっても相手は人でなく羊であり、とっくに老境であった。

　そうこうしているうちに、花瓶の水を替えに行っていた三岳みなもが戻って来る。

「おじいちゃん、お花はどこに……っておじいちゃん！　霧島さんに何をやってるの！」

「み、みなも、これはだな……」

「おじいちゃん！　霧島さんに変なことしないで！　もう、行きましょう！」

「み、みなもーっ！」

「あーあ、三岳のジジイが年《とし》甲斐《がい》もなくやきもち焼くから」

「みなもちゃんまたねー」

　三岳みなもは戻って来るなり、祖父に杖を突き付けられている隼人を見て驚き、すぐさま強引に手を取り部屋を出る。ぐいぐいと手を引く様は、普段の彼女からは考えられないほど力強く、そして耳や首筋まで羞恥《しゅうち》で赤くなっていた。

　身内のやんちゃな姿を見せられて恥ずかしくなる気持ちがわからなくもないので、隼人は引かれるままについていく。

　しかしさすがに1階のロビーにまでやってくると、女の子に手を引かれるという図が気恥ずかしくなってきた。

「三岳さん、その、手を……」

「え……あ！　ご、ごめんなさい！」

「あぁ、いや」

思えば妹、そして幼馴染《春希》を除けば初めて繋《つな》いでしまった異性の手である。そのことを意識すると、急速に隼人の顔が熱を持っていく。

だから誤魔化すように、そのことを言った。

「ま、孫想いの元気のいい爺さんだな」

「……ぁ。そう、ですね……」

何となしに口にした言葉だった。それに実際、隼人が見たのは元気な姿だった。

だがここは病院であり、彼女の祖父は入院患者なのである。

しまったと、気付いた時には遅かった。

それまで羞恥一色に染められていた三岳みなもの顔に影が差し、今にも泣きだしそうな表情を覗《のぞ》かせる。

しかしそれも一瞬、いつものふにゃりとした笑顔を見せ——それが隼人の胸を掻《か》き乱す。

自分の迂闊《うかつ》さとデリカシーの無さを呪う。

「……ごめん」

「いえ、その、霧島さんが謝ることじゃ……こっちこそ、うちのおじいちゃんが……」

「あーうん、それは……そう、だな。ははっ」

「はい」

お互い頭を下げ合い謝罪する。そしてお互い苦笑い。

本当にさっきの暗い顔は一瞬だったのだろう、見つめ合う形になった彼女の顔は、どこか芯《しん》の強さを感じさせるものがあった。

だから余計に、さっきの暗い顔が気になってしまう。

（三岳さんの、あの顔は……）

似ている、と思ってしまった。

あの日。母が倒れた幼い頃の日。

一人で何もできず、ずうっとそばで立ちすくみ言葉を失う羽目になってしまった姫子の、迷子のような顔。

だから隼人は、放って置けないと思ってしまった。

「では霧島さん、ここで」

「……あ、その、三岳さん！」

「はい？」

「ええっとその……花壇！　また花壇、行っていいか……？」

「ふぇ？」

それは三岳みなもにとって予想外の言葉だったのだろう。

ぱちくりとその大きな目を瞬かせることしばし、やがて理解の色が広がったかと思うと、相好を崩す。

「はい！」

「ん、よろしく」

そんな三岳みなもの笑顔に、隼人はあいまいな笑顔で返す。

きっとこの申し出は、どこか自分勝手なところがある――そんな自覚があった。

それじゃあと言って病院を足早に出る。

外に出た瞬間、ザァーと強い風が吹く。

それが消毒液の匂いを洗い流す。

初夏の空には、入道雲が立ち上っていた。

第12話　姫子の親友

姫子《ひめこ》が帰宅したのは19時前、陽も沈もうかという頃だった。

「ただいま～」

「おかえり。あれ、春希《はるき》は？」

「今日はもう疲れて食べに来る気力ないから、適当に済ませるって」

「あの春希が体力尽きるって……一体何をやってたんだ……」

「普通に買い物？」

隼人《はやと》は怪訝《けげん》な目で姫子を見てみるが、その顔はどこかツヤツヤしており満足気な表情である。

その姫子はと言えば、鼻をすんすんと鳴らして、今日の夕食を確認した。

「カレー？」

「おう、明日《あした》の夜の分も込みだ」

「んー、できたら教えて」

「はいはい」

自分の部屋に戻った姫子は、その辺にバッグをぽいっと投げ置くと、ポスンとベッドに倒れ込む。

そして枕を抱え込んでゴロンゴロン。姫子の顔はにやにやしており、余韻に浸るように今日のことを思い返していた。

初めて遊びに出掛けた街は、姫子にとって、それはとても衝撃的な場所だった。

田舎の月野瀬《つきのせ》と違ってやたらと多い電車の車両に、迷いそうになる複雑な駅舎。

あたりを見渡して目に飛び込んでくるのは軽トラ以外の多種多様な車。

そして横にではなく縦に伸びた建物《ビル群》たち。

まさに憧《あこが》れ思い描いていた都会そのものに、姫子のテンションは朝からうなぎのぼりだった。

「ふぁあ、すごっ……一体どこから見て回れば……」

「ふふっ、中央通り沿いから順にお店を梯子《はしご》して、突き当たりにある百貨店を見て外周を回っていけば無駄なく効率よく行けるよ！」

「はるちゃん、昨日まで渋っていた割には凄《すご》くやる気ね？」

「そりゃあね、やると決めたら徹底的にしないとね！　その方がさ、隼人を驚かせることができるでしょ？」

「ん、そだね」

その姫子よりテンションが振り切れんほどに高かったのが、春希であった。

悪戯《いたずら》っぽくニコリと笑いかける顔は、爽《さわ》やかなデザインのチュニックにショートパンツという、どこか清楚《せいそ》さも感じさせる衣装も相まって、そのギャップにドキリとさせられる。

ちなみに姫子プロデュースの恰好《かっこう》であり、ついでに言えばチュニックは彼女の私物である。そんな春希を見て思う。

（おにぃのために全力、か……）

――思いっきり女の子って感じの衣装でさ、おにぃをドキマギさせたら最高に面白そうじゃない？

先日、姫子が春希の家で耳打ちした台詞《せりふ》である。

確かに春希を焚《た》きつけたのは姫子だ。目的は隼人いじりなので、この反応も当然だ。

そんな春希を見た姫子は、少しだけ嫉妬《しっと》めいた気持ちが湧き立つのを感じ――それを誤魔化すようにパンパンと顔を叩《たた》く。

「お、気合入ってるね、ひめちゃん！」

「よぉし、徹底的に回るんだからねーっ！」

「おぉーっ！」

　こうしてハイテンションの少女２人は様々な店を巡り吟味していく。時折、春希がゲームショップや黄色い潜水艦のお店、ガチャガチャコーナーに吸い込まれていくのもご愛敬《あいきよう》。

　途中ネットで評判だったフルーツパーラーで、自分たちの顔ほどの大きさもあるジャンボフルーツパフェをそれぞれペロリと平らげては、お喋《しゃべ》りにも興じる。

　順当にお店巡りをする春希と姫子だったが、唯一の誤算は、あちらこちらの店のものと色々合わせたくなったりして、何度も行ったり来たりしたことだった。

　おかげで予定よりも大幅に時間が掛かってしまい、特にテンションがずっと高かった春希は帰りの電車では電池が切れてしまって、姫子の肩に頭を乗せる始末である。

　そんな無防備な姿を晒《さら》す春希に、姫子はなんだか頬が緩む思いだった。


（今日は楽しかったなぁ……お？）

　そんな今日一日の余韻に浸っていれば、スマホの通知が現実に引き戻す。画面を見てみれば月野瀬の親友、沙紀《さき》からのメッセージだった。

『今日何してた～？　わたしは暇すぎてさ、ひたすら世界各国の電車の景色の動画を眺めちゃってたよ〜』

『うわぁ、あたしたち中3だよ？　受験勉強しようよ』

『おかしいよね〜、勉強しようと机に向かったらそうなってたの〜』

『ま、今日はあたしも一日中買い物してたんだけどね』

『そうなんだ〜、何買ったの〜？』

『買ったというか選んだというか……そうそう、昔おにぃとよく一緒だったはるちゃん覚えてる？』

『え、うん……確かお兄さんいわく、猿からゴリラにぱわーあっぷした人だよね〜？』

『そそ。そのはるちゃんの服を見に行ってたんだ……ちょっと待ってて』

そう言って姫子は、本日撮影したいくつかの画像の中から特にお気に入りのモノを選び、メッセージに張り付けていく。

スタンダードなカジュアル系、少しお姉さんな感じのフェミニンなやつ、そして如何《いか》にも異性受けをしそうな少女っぽい甘めのガーリーなもの――そのどれもが春希と姫子に似合っており、その魅力を引き出している。

姫子も我ながらなかなかよく写っているなと思っている節もあり、そして再会した幼《おさな》馴染《なじみ》の変貌《へんぼう》した美少女ぶりを沙紀に見せて驚かせたいという気持ちもあった。

それは姫子にとってちょっとしたサプライズであり、ただの話題提供のつもりだった。

「っ⁉」

だからこそ、画像の送信とほぼ同時に通話がかかってくるのは、完全に予想外だった。

「えっと、沙紀ちゃ――」

『誰かな～、この女？』

「んんっ、沙紀ちゃん⁉　誰って、はるちゃんだよ⁉」

『そうなんだ～………………随分な美少女だね～』

「う、うん、美少女だね？」

それは姫子が知るいつもどこか気弱でのんびりしている彼女からは、想像もつかない底冷えする声だった。妙な迫力がある。逆らってはいけない――本能的にそのことを察した姫子は、思わず背筋が伸びてしまってベッドの上で正座をしてしまう。

『わたし、姫ちゃんに嘘つかれたのかな～？　ゴリラって聞いてたんだけど～』

「え、うん、それも合ってるよ？　中身はまるまる昔のあの頃のままっていうか、おにぃが目の前に居ても色々ガード緩いしガサツだしゴリラだね、うん」

『む、昔のように～っ⁉』

「さ、沙紀ちゃん⁉」

姫子はすっかり困惑していた。

普段温厚な沙紀が、これほどまでに取り乱しているかのような声を聞くのは初めてだったし、その原因もわからない。

通話口からは『進学先は～』『やっぱり夏休みそっちに～』『男子高校生なんて獣だし～……』といった涙まじりの声が聞こえてきて、オロオロするばかりである。

「おーい姫子ー、できたぞー！」

だからその隼人の呼び声は、まさに天の助けだった。

「ご、ごめん沙紀ちゃん、夕飯呼ばれてるから行くね！」

『あ～、姫ちゃん～っ⁉』

「おにぃ、今行くーっ！」

姫子は心の中で謝りつつも、これ幸いと部屋を出るのだった。

……最後まで原因がわからず、首を傾げながら。

第13話　だって約束しただろ？

日曜日の朝。隼人《はやと》と春希《はるき》がスマホを選びに行く日。

霧島《きりしま》家リビングのテレビを早朝から占拠していた姫子《ひめこ》は、都心部に出掛けるはずの兄の姿を目にして怪訝な顔をした。

「おにぃ、さすがに麦わらはないわー」

「え、そうか？　熱中症とか……」

「ビルのおかげで影もたくさんあるし、涼しくて休めるお店もいっぱいあるし……周りに何も無い月野瀬《つきのせ》とは違うよ？」

「そ、そうか……」

無地のシャツにデニムのボトムス。ここまではいい。良くも悪くも無難な恰好だ。

だけどそこに麦わら帽子、さすがに畑の手伝いに行くのと同じ恰好になってしまうと、姫子もツッコミを入れざるを得ない。我が兄のことながら、頭を抱えてしまう。

「そういや何で現地集合なんだ？　家も近いし、一緒に向かえばいいのに」

「はぁっ!?」

そして続く隼人の言葉に、「あ、こいつ全くわかってねぇ！」という確信に変わり、思わず録画を停止させて隼人に向かい合う。その迫力に、隼人もたじろぐ。

「いいですか、おにぃ？　昨日あたしは、はるちゃんと一緒に服を買いに行きました」

「お、おう、そうだな」

「つまり、初めておにぃにその姿を見せるわけなのです。なら、ちゃんとしたお披露目の舞台を整えなきゃなりません。それは家の前ではダメなのです。わかるかなー？」

「うーん、そういうもんなのか？」

「そういうもんなの」

まだどこかしっくり来ていないような顔をする隼人を見て、姫子は大きなため息を吐く。

（おにぃに乙女心を理解しろって言う方が無茶振りか……それに、はるちゃんもはるちゃんだしなぁ）

姫子はそんな兄と幼馴染に思いを巡らし――そしてもう一度呆《あき》れたようにため息を吐いて、テレビの方へと向き直った。

「あ、おにぃ、机の上の書類、忘れずに」

「これは……保護者同意書に父さんの口座か」

「そそ、ＤＬ《ダウンロード》しといたやつに捺印《なついん》もしてるから。あたしと同じキャリアでいいよね？」

「キャリア？」

「携帯会社。もう、そんなことも知らないの？」

「すまん。手間をかけ…………なっ⁉」

「な！」

突然、隼人の口から変な声が漏れた。その視線はテレビにくぎ付けだ。同じような声が姫子からも漏れる。

「……」

「……」

丁度ドラマでは山場を迎えていた。

どうやら不倫をしている男女がベッドで抱き合っているところに、奥さんが刃物を持って突入するという場面である。

かなり濃厚なシーンだ。隼人が変な声を出すのも無理はない。さすがの姫子も気まずい思いから顔を紅潮させて固まっている。

「えーとその、なんだ、今、流行《はや》ってるのか？」

「じ、十年の孤独ってドラマでね、クラスの子が面白いからって！　その、この女優さんが凄《すご》いの！　私生活ではバツ2とか恋多き女とか色々噂が絶えない人だけど、それだけに迫真の演技で、その……」

「……姫子」

「……はい、ほどほどにして受験勉強もします」

今度は姫子が、隼人のジト目に晒されるのであった。

待ち合わせはショップのある現地の駅だった。

最寄り駅から快速で3駅、電車に揺られること20分と少し。昨日、姫子と春希が訪れた場所と同じ、この地方最大規模を誇る駅舎であり都心部である。

「う、東口ってどこだよ……」

そこは複数の私鉄などが乗り入れる、地上に地下にと非常に雑に入り組んだ、迷路さながらの駅だった。

昨日病院に行く時も色々と驚いた隼人であったが、この複雑さには驚きを通り越して不安にすらなってくる。

「あぁくそっ、時間が！　これでまた春希からの貸しが増えるな！」

10分前には余裕をもって着けるようにと家を出た隼人であったが、思うように駅舎を移動することができず、まるで迷子になったかのように彷徨《さまよ》ってしまう。それが隼人の焦燥感にも似たものを募らせていく。

一刻も早く春希のいる待ち合わせ場所に行きたいというのに、ままならぬ自分に苛立《いらだ》つ。その一方で、もしこの人混みと駅舎も春希と一緒なら楽しめたのに、などということを考えてしまい、何だかもったいないような気すらしてしまう。

とにかく早く春希に会いたかった。

なんとか待ち合わせ場所である鳥のオブジェ付近まで来た時には、たっぷり5分は遅刻してしまっていた。

日曜ということもあって、多くの人で溢《あふ》れかえっており、ピンポイントで春希を見つけるのも難しそうである。そこで初めて隼人は、スマホの必要性を感じていた。

(参ったな……)

困り果てた隼人は、あとで春希に怒られるのを覚悟して片手を上げ、大声を出して呼びかけようとした――時のことだった。

「ここに居たんですねっ!」

「……え?」

いきなり女の子に腕に抱き付かれたかと思うと、ぐいっとどこかへと引っ張られる。

彼女の後ろからは軽薄そうな男が２人、追いかけてきている。どう見てもナンパの類だ。

「なんだよ、本当に男連れなのかよ」

「そんな遅刻するような奴よりさぁ、オレたちと行こうぜぇ」

彼女は随分と目立つ美少女だった。

肩ひもが特徴的な裾《すそ》にフリルをあしらった白い爽《さわ》やかなサマードレス、ハーフアップに編み込まれた流れるような黒い髪、どこかの清楚《せいそ》なお嬢様にも見える、隼人が今までお目にかかったことの無いような美少女だった。

これほどの女の子が１人で待ちぼうけをしているならば、彼らのように声を掛けるなという方が酷な話だろう。

「行きましょうっ」

「あ、ちょっ！」

彼女は強引に隼人の腕を引き、外へと連れ出そうとする。よほど彼女はナンパ男から逃れたいのか、腕を引く力はかなり強く、そして歩く足も大股《おおまた》だ。

咄嗟《とっさ》のことで隼人は何も反応できず、されるがままだった。完全に混乱していた。

隼人だって思春期の男子である。

これほどの美少女に腕に抱き付かれ、あまつさえ生地の薄さもあってその柔らかいものを感じてしまうと、隼人でなくとも狼狽《うろた》えるなという方が難しい。それだけでなく、隼人はここまで異性と密着するのも初めてだった。密着する彼女の身体から仄《ほの》かに香る少し甘い匂いが理性を侵食し、鼓動を加速させる。

しかしその一方で、こうして腕を引かれて歩いていると妙な既視感めいたものを感じるのも事実だった。再び彼女に視線を移せば、最近慣れつつある面影に重なっていく。時折こちらを見返す不満げな顔を見れば、疑念が確信に変わる。

「春希、か……？」

「…………っ！」

駅から出て少し、そこでようやく立ち止まり、腕から離れた美少女――春希は、怒った顔を作りながら向き直る。

「もう！　隼人遅い、遅いよ！　せっかく隼人を驚かそうと待ってたのに、ボクがナンパされて驚かされちゃうし、最悪だよ！」

「あー、その、すまん……駅が広すぎて迷ってしまって」

「だから言ったでしょ、スマホは必需品で持ってない方がダメだって」

「……身に染みてわかったよ」

ぷりぷりと頬を膨らませる春希は、何だか上手《うま》く言えないが、いつもと違って見えた。顔のパーツとかは普段と同じ様に見えるのに、服装もそうだが、普段よりも魅力的に映る。

そんな春希にドキリとしてしまい、正面からはまともに見られない。ぷいと顔を逸《そ》らしてしまう。胸だって煩《うるさ》いくらいに喧《やかま》しい。

春希はそんな隼人の赤面した様子を見つけ、先ほどまでの怒りはどこへやら、ニヤリと悪戯《いたずら》っぽい笑みを浮かべる。

「おやおや～、もしかして隼人、ボクに照れてる？」

「バッ……んなんじゃねぇよ。その、今日は化粧もしてるのか？」

「うん、よくわかったね。初めてだけど頑張ってみた。どうさ、これ？」

そう言って、春希はくるりと身体を翻す。

手入れの届いた黒く長い髪が流れるように舞い、レースのあしらわれた短いスカート部分のワンピースがふわりと広がり、その健康的に引き締まった白い太ももがチラリと目に飛び込む。その瞬間、一気に隼人の鼓動が高まった。

何だか春希に振り回されてばかりで、悔しいと感じてしまった。隼人は色々誤魔化すようにガリガリと頭を掻《か》くが、その動揺を春希に隠すことは、もはや不可能だった。

春希は勝利を確信した満足そうな笑みを浮かべ、もっと揶揄《からか》ってやろうと隼人の腕を取ろうとして――

「その、とても可愛い……と、思う、うん……凄く似合ってる……」

「みゃっ!?」

――春希はその顔を、ボンッとばかりに一瞬にして隼人以上に紅く沸騰させた。

それは隼人がいっぱいいっぱいになって零《こぼ》れ出た本音の言葉だった。春希だからこそ、それがわかる。わかってしまう。

無防備な状態で、そんな強烈なカウンターを喰《く》らってしまった春希は、生まれて初めて生じる感情に、目を回してしまう。

「こ、こここれはね、アレだよ、アレ！　アレ、だからあれ、その、その、隼人！」

「お、おう、アレだな、その、俺の為に着て見せてくれたってやつだな」

「〜〜〜〜っ！　ちがっ……わないけど！　そのっ……み゙ゃあ゙ああ゙ああっ！」

「は、春希っ!?」

「行こっ！　行ってさっさと機種を選ぼう！」

隼人以上にいっぱいいっぱいになった春希は、無理矢理に隼人の手を引き歩き出す。

何だか締まらない2人だった。

　それでも歩いているうちに冷静にもなってくる。

　もっとも、互いに顔は赤いまま。

　話を蒸し返すことはしない。だけど、春希はどうしても伝えたい思いがあって、ぼそりと囁《ささや》く。

「……ありがと」

「……おぅ」

　空は雲一つない青空で、今日も暑くなりそうだった。


　目当てのキャリアショップは、駅から歩いてほど近い場所にあった。姫子だけじゃなく、春希も同じキャリアである。

　隼人は初めて入る店に緊張しており、そして初めて触れる物、初めて聞く単語、プランなどなど、大いに戸惑ってしまう。完全にテンパってしまっている状態だった。

「あーその、春希？」

「はいはい。ええっとこれはね……」

　そのいっぱいいっぱいになっている様は、春希をして揶揄うのが躊躇《ためら》われるほどである。

　いつもアレな姿を見せている春希だが、そこはさすがの優等生、隼人の求めに応じてショップ店員の言葉を嚙み砕き、わかりやすく説明していく。

店に入ってから1時間と少し、隼人はすっかり春希のお世話になったものの、なんとかスマホを手にすることができた。

「はぁぁぁ、助かったよ、春希。1人じゃ無理だった」

「どういたしまして。で、結局ボクのと一緒でよかったの？　他にも色々あったのに」

「お揃《そろ》いの方がいいだろう？」

「お、お揃っ、隼人!?」

「だってほら、使い方でわからないことがあったら聞けるしさ」

「あ、はい。そゆこと。でもそれってひめちゃんと同じでもよかったんじゃ？」

「え。だって姫子は妹だぞ？　聞くのはなんか気まずい」

「むぅ、ボクにはよくわからない感覚だなぁ」

そんなことを言いながら、ブラブラと街を歩く。

本日の目的は隼人のスマホ選びだ。それを済ませた今、もうここに用はない。

――だけど、このまま帰るのは何かもったいない。

それが隼人と春希に共通した想いだった。

特に隼人にとっては初めて訪れる大都会である。

緑の代わりにコンクリート、野菜の無人販売所の代わりに飲み物の自動販売機、月野瀬近辺では1つしかなかった信号機と横断歩道があちらこちらに乱立していれば、その初めて見る光景がやたらと楽しくて、絶えずキョロキョロと見回してしまう。完全にお上りさんそのものであった。

そんな周囲の景色に圧倒されていた隼人であったが、ふと隣を見てみれば、何だか歩きにくそうにしている春希に気が付いた。どうしたことかと足元を見てみれば、かかとの高い今日の為に下ろしたと思われるミュールサンダル。

「あーすまん、歩くの速かったか？　それ、履きなれてないんだろ？」

「へ、ミュール？　別にそんなことないけど？」

「いやでも、歩きにくそうにしてたぞ？」

「あー……」

それを指摘され、春希は困ったような恥ずかしいような顔をする。てっきり履き物が合わないものと思っていた隼人は、訝《いぶか》しげな顔を作る。

春希は一瞬ためらいを見せるも、少し背伸びをして口元を隼人の耳元に近付けて、情けない声で囁いた。

「スカートの丈がですね、短いのれす」

「……は？」

それは予想外の言葉だった。

春希の姿を見てみれば、確かにいつもの制服の時よりもずっと短い。

あちらは膝頭《ひざがしら》にかかるかどうかの長すぎず短すぎず、春希の清楚さを引き出す絶妙な丈であり、翻って今の白いワンピースのサマードレスは、太ももあらわなミニ丈である。

だが決して短すぎるというわけではない。制服でもこれくらいの丈の娘はよく見かけるし、それに姫子もこれくらいのものをいくつか持っている。

そんな隼人に理解というか共感を求めるように、春希が言葉を続ける。

「えぇっとね、生地も薄いし頼りないし、非常に太もものあたりがすーすーします。あと風か何かの拍子で捲れちゃいそうだし、地面に落ちたものを拾おうとするとさ、体勢気を付けないと見えちゃうんだよね」

「はぁ、大変……だな？」

春希はそんなことを神妙な顔で言うけれど、隼人としてはいまいち実感できるものではない。

「ボクは悟ったね、ミニスカートは女子力矯正器具だって。もう短いの穿《は》いてる子は、修行しているようにしか見えないよ」

「そ、そうなのか」

「そうだよ。ていうかボクだけこんな思いをするなんて不公平と思わない？　隼人も着よう？　ボクの苦労をわかって！」

「やだよ、無茶を言うな。大体似合わないだろ」

「そうかなー？　隼人はひめちゃんのお兄ちゃんなんだし、絶対似合うと思うんだけど。むしろプロデュースした……はっ！　今ちょっと昨日のひめちゃんの気持ちがわかった！」

「おい、やめろわかるな、目がマジだぞ！」

「いひひ」

　そんなじゃれ合うような話をしつつも、歩く速度を緩めた隼人は、あるものがないかと周囲を探る。

　しかし隼人の目には、色んな店や広告、看板がひっきりなしに飛び込んできており、ぐるぐると目を回しそうになってしまう。

「うん？　隼人、他にもどっか行きたいところあるの？」

「あぁ……だけどこうも店とか多いとな」

「はい、こういう時こそスマホの出番だよ」

「あ、そうか！」

「店の名前と街の名前を入れて検索すれば――」

「うわ、出た！　すげぇ！　ええっと――」

　そんな無邪気に喜ぶ隼人を見て、春希は目を細めるのだった。

　駅からは徒歩10分ほど、街の外れの方にそれはあった。

　地上5階、地下1階、総売り場面積1000坪超、国内有数の規模の百均ストアである。

「でっけぇ……」

「うわぁ、大きいとは聞いてたけど、これは想像以上だよ」

「春希もここ、初めてなのか？」

「ん、ボクは基本家で1人の引きこもりだったからさ」

「……よし、行くぞ！」

「ちょ、隼人⁉」

　隼人はそんな風に少し困った笑いを浮かべた春希を見て、それ以上は言わせないとばかりに、強引にその手を引いて店へと入る。

少し恥ずかしいだとか緊張とかもあったものの、店に足を踏み入れた瞬間、その圧倒的とも言える陳列された様々な物量に唖然《あぜん》としてしまう。

目の前にある案内板からは、食品、食器、化粧品、衛生用品にバス用品といった生活必需品から、車、園芸、玩具《がんぐ》、パーティーグッズ、インテリアに工具など趣味やＤＩＹ用品まで多種多様なものを取り扱っているのがわかる。

「バカな……これら全てが１００円で買えるだと？　一体どうなってるんだ⁉」

「あはは、ほら見て食品のところ」

「え……あー、そうか、スーパーのセール品の方が安いな」

「ふふ、そういうこと」

そんなやり取りをしつつ、隼人は興味を惹《ひ》くものへと吸い寄せられて行く。

これほどまでに商品が並んでいるところを見たのは初めての経験であり、むくむくと何か買わないとという使命感にも似た物欲が湧いてきてしまう。

「くっ、食器買いたい。買い換えたい。用途に応じて色々揃えたい。ああ、くそ！　全部買い換えても３０００円もあれば……いやでも……」

「今使ってるのはどうするの？」

「それなー、間に合ってるし買う必要まったく無いんだよなー」

「じゃあさ、あっちの収納コーナーは？」

「え、なにこれ、こんなに色んな種類があるの⁉　ちょっと強制的に片付けしたくなってくるんだが！」

　そして購買意欲を無駄に刺激されたのは、隼人だけではなかった。

「待て春希、その苔《こけ》の玉は本当に必要なのか⁉」

「そんなのボクが一番わかってる！　だけど、この子がおうちに連れていってって囁いてるんだ！」

「冷静になれ、それを買って一体何に使うんだ⁈　苔テラリウムでもつくるのか⁉」

「違う、違うよ隼人、ただ買いたいから買うだけなんだ！」

「正気に戻れ、春希ーっ！」

　春希もまた、様々な興味を惹くものに吸い寄せられ、財布の紐《ひも》を緩みに緩めようとしていた。

　はっきり言って、ただ浮かれてじゃれ合っているだけの2人だった。

　かつて田舎の野山で虫や野草を探していた時と同じように、それぞれが興味を持つ売り場を歩き回る。あぜ道や山道を走り回った時と同じように、エスカレーターを駆け上っては陳列棚の森を探検する。

目的があるわけじゃなく、ただただ2人で一緒に居て遊ぶ。それがとても楽しかった。

たとえ春希が女の子だとしても、先ほど嫌というほどドキドキさせられてしまった相手だとしても、隼人にとっては掛け替えのない親友——ただ、それだけが重要なことだった。

「……結局迷いすぎて何も買えなかった」

「あはは、昔から隼人ってそういうところあったよね。村尾《むらお》のばーちゃんのとこに駄菓子買いに行って、結局決められなくてさ」

「迷った時は大体ラムネとアイスで、それが定番になってたっけ」

「そうだね、懐かしいね。あの頃は——」

どこか懐かしむような、それでいてふと切ない表情を覗《のぞ》かせる春希。

隼人はあまり人前で見せることの無い感情を目の当たりにし、きゅうと胸が締め付けられるのを感じる。

「はる——」

ぐきゅうぅぅ。

「——き……」

「あ、あはは、お腹空《す》いたね」

「そう、だな。もう1時回ってる、道理で。どこかで食べてくか？」

「あ、それならボク、行きたいところがあるんだ！」

そう言って振り向いた時の春希には、いつもと同じ悪戯《いたずら》っぽい笑みが浮かんでいた。

隼人はそれが、余計に気にかかる。

都会の空を見上げれば、山ではなく無機質なビルが目に飛び込んできた。

◇◇◇

「なんじゃこりゃ⁉」

「ね、すごいでしょ？」

カラオケセロリ。春希に連れてこられたところは、カラオケ店というには、あまりに隼人のイメージとかけ離れた場所だった。

南国リゾート風のロビーの内装に、案内された部屋はクッションが敷き詰められた靴脱ぎ床上ルーム。どちらかと言えば、パーティールームに近い。

隼人の固定観念を覆す様相に、ただただ目を丸くするばかりだ。

ちなみに隼人にとってのカラオケと言えば、月野瀬の集会場で宴会しながら老人たちがやたらと大きなカセット付きマイクを持って楽しむというものである。それかバスの中で歌うもの。

「お腹も空いたけど、ちょっと疲れちゃったよね」

「あ、おい」

春希はミュールサンダルをひょいとばかりに脱ぎ捨てると、そのままボスンと部屋へとダイブして、寝転びながらタブレット端末を弄《いじ》りだす。

まるで自宅で他人の目を気にしないかのような寛《くつろ》ぎようで、当然ながら女子的なガードはゆるゆるだ。普段の制服よりスカート丈が短いそれは、パタパタ動かす足の付け根を覆う色気とは無縁な布切れ《ボクサーショーツ》が丸見えになってしまっている。

春希の見た目は清楚《せいそ》可憐《かれん》な美少女だ。先ほどは心臓が痛いくらいにドキドキしてしまった。だというのに、どうしてか隼人の口からは頭痛混じりのため息しか出てこない。

そして隼人は無言で捲《めく》れ上がったスカートの裾《すそ》を直す。

「おっと、これは見苦しいものを……いやさ、さっきまで見られないよう気を張っていた反動でして。てへり」

「……俺には丸見えだぞ、まったく」

「それは役得ですね？　あ、もしかしてドキッてしちゃった？」

「……姫子と同じ目で見ていることに気付いてしまってドキリとしてしまったな」

「んんん～～～っ、それはどういうことかな？　かな!?　アレだよ、自分で言うのもなんだけど、ボク、これでも結構モテるんだよ？」

「っ！　おいっ！」

　何かの対抗意識のスイッチが入ってしまった春希は、いつものように悪戯っぽい笑みを浮かべながらサマードレスの左肩の肩ひもを解《ほど》く。そして胸を強調するかのようなシナを作りながら、甘えるように隼人に身体を押し付けようとする。

「どう、隼人ぉ？」

「はる、き……っ！」

　思わずゴクリと喉《のど》が鳴る。

　それは自分の魅力を十二分に理解した上で行う、迫真の演技だった。つい先ほどまで隼人に掛かっていた親友フィルタを強制的に剝《は》がしていくだけの破壊力があった。

　そのくせ見つめ合う春希の目には、ひどく愉快気な色が宿っている。それがわかるからこそ、隼人の顔には悔しさもにじみ出る。そしてそれを認めた春希はますます調子に乗ってしまう。

この不毛な連鎖を断ち切ったのは、第三者の介入であった、

「失礼しまーす、こちら完熟バナナメープルシロッププディングハニートーストになりまーす」

「ぴゃあっ！」

「っ！」

店員の闖入《ちんにゅう》である。大学生くらいの若い女性の店員だ。

それに気付いた隼人と春希は、弾《はじ》かれたように距離を取り、そして何故か正座してしまう。

お互い顔は真っ赤で背には嫌な汗。早く去ってくれと願うのみ。

「こちらが取り皿で……以上でよろしかったでしょうか？」

「は、はひっ！」

「う、うんっ！」

隼人と春希の心の内など知ったことかと笑顔で仕事をこなす店員。しかし、退出前にこれだけはと釘《くぎ》をさす。

「こほん。ここはそういう場所じゃないので、お控えくださいね？」

「なっ！」

「みゃっ!?」

そしてパタリと扉が閉められる。

彼女の視線は春希の解けた左の肩ひもに注がれていた。

2人にとってはじゃれ合いの延長だとしても、傍から見ればどうやっても言い訳できない状態だ。

「ボ、ボク、そんな、はしたなっ」

「待て落ち着け、あ、でも、はしたないのは否定できない」

「みゃあああぁあぁぁっ!!」

「ちょ、おまっ！」

恥ずかしさに耐えられなくなった春希は、その巨大なハニートーストに突撃していく。

食パン1斤まるまるに、これでもかとバターとメープルシロップを掛けるだけではあきたらず、完熟バナナとプディングを中心に色とりどりのアイスと生クリームで装飾された甘味の塊だ。決してカロリーと後のことを考えてはいけない脂質と糖分の集合体だ。

それをわき目もふらずに自分の口へと放り込んでいく。

「ああくそ、俺もっ！」

「んぐんん〜〜〜っ！」

隼人も春希に負けじとばかりに取り皿を使わず本体へと挑んでいく。

顔を真っ赤にした幼馴染《おさななじみ》が2人、照れ隠しでヤケになりながら甘味を貪《むさぼ》る。

そんな姿が、お互いの目に飛び込む。

「……くくっ」

「……ぷふっ」

「何やってんだ、俺たち」

「ホント、バカだね」

「ははっ」

「あはっ」

それがなんだか、無性に可笑《おか》しかった。

気付けば、いつのまにか、幼い頃のように顔を見合わせ笑っていた。

1時間後、お腹も満たした隼人と春希は、何とも言えない空気になってしまったこともあり、結局一度も歌うことなく店を出てしまった。

隼人の目の前では、「んん〜っ！」と春希が伸びをしている。

なんだか空気がリセットされたようで、それには既視感があった。

（そういや昔はケンカしても、次の日には何それケロリって感じで遊んでたっけ）

そのことを思い出せば変わっていない関係性を再確認してしまい、なんだか可笑しくなって、くくっと笑いが零《こぼ》れてしまう。

「うん？　どうしたの？」

「ん、いやさ、初めてカラオケ屋に行ったのに何も歌わなかったなって」

「あーそうだね。お昼食べただけだったね」

「はは、じゃあ次の機会ってことで」

「………ぁ。うん、そうだね、次ね！」

春希は目をぱちくりさせて、嬉《うれ》しそうな顔をした。

そして、じぃ～っと隼人の顔を見つめたかと思うと、首を捻《ひね》る。

隼人もさすがに相手が春希と言えど、不躾《ぶしつけ》にまじまじと見つめられると、居心地が悪くなってしまう。眉《まゆ》をひそめて見つめ返す。

「なんだよ？」

「隼人ってさ、男の子なんだよね？」

「は？　いきなりどうした？」

「さっきだけどボクたちってその……その！　でも！　隼人は隼人でボクはボクで……ボ

クたちって一体何だろうって思って」

「……難しいな」

「うん、難しいね」

2人して首を捻ってしまう。

春希の言うことももっともだった。思えば不思議な関係である。

背丈、身体つき、手のひらの大きさ……昔と違って変わってしまったことはたくさんあって、戸惑うこともいっぱいだ。さっきも大変だった。

だけど、結局今のような空気になってしまうように。

どうしたって2人の間には、かつて積み上げたものが土台にあるということを感じさせられている。

だから隼人と春希は、はやとはるきでもあった。

「それでもまぁ、俺たちは俺たち、だろ」

「ボクたちはボクたち、か」

お互いそんなことを言いながら、困った顔で笑い合う。知らず、隼人はかつてと同じ様に春希の手を取っていた。

それは完全に無意識の行動だった。

身に染みた習慣、と言ってもいい。

ピクリと春希が、繋《つな》がれた手から反応し、そこでやっと隼人は手を繋いでしまったことを認識した。

子供の頃はいざ知らず、意味も理由もなく年頃の男女が手を繋ぐとなれば、それは特別な意味を持ってしまう。

「……あー」

「……んっ」

それに気付いた隼人は手を放そうとするが、逆に春希は手を握りしめてきた。隼人は戸惑うものの、力を込める手のひらから、このままで良いということが伝わってくる。

いいのか？　と確認するように春希の横顔を見てみれば、顔どころか耳と首筋まで真っ赤にしてコクリと頷《うなず》いた。そして目も合わせずそっぽを向いたまま、恨みがましい声でぼそりと呟《つぶや》く。

「ほんと、昔からボクは隼人に振り回されてばかりだよ」

「はぁ？　どちらかと言えば俺の方が春希に振り回されてるだろ。物理的に」

「あーもう、知らないっ！　ほら、何かあそこに人が集まってるよ、行こっ！」

そう言って春希はぐいぐいと人だかりのある方へと引っ張っていく。

（やっぱり俺の方が振り回されてるよな？）

隼人はそんなことを思いながら手を引かれていく。

きっとこれは、昔から変わらない関係を表しているのだと思える。

それと同時にかつて一度は手放したものを、断絶してしまった空白を、手繰り寄せている――そんな気がした。していた。


「…………………え」


「春希？」

黒山の人だかり。多くの人の注目を集める先。

その先に居た人物を見て、春希の顔はいっそ哀れなほど青褪《あおざ》めて、凍り付く。

変わらないものは無い――それは隼人たちが、よく知っていることだった。

都会の空も、田舎と同じく雲が流れ去っていく。

人だかりの周囲には、いくつもの見慣れないものがあった。

やたらと大きなビデオカメラ。役者の声を拾う集音マイク。他の様々な器具が積んであると思われる大型バンが2台。

それらの機材が向けられる先には、仲睦《なかむつ》まじい様子——を演じている男女が一組。

どこからどう見ても、ドラマか何かの撮影だった。

「あれ、十年の孤独の撮影じゃない？」

「田倉《たくら》真央《まお》やばい、若い、どう見ても20代後半だよな」

「私生活は結構アレって聞くけどね」

「でもあれは許される。惑わされる」

随分と綺麗《きれい》な女優だった。

本来なら隼人の親世代に近い歳だというのにそれを感じさせない色気と美貌《びぼう》。

周囲からも彼女に対する羨望《せんぼう》、感嘆、驚愕《きょうがく》、嫉妬《しっと》といった、様々な種類の関心の声が上がる。だが、決して賞賛の声だけではない。

しかしそれだけ、注目を集めるのも納得の存在感があった。

（うん？　あれは確か……）

今朝家を出る前に、姫子が見ていたドラマにも出ていた女優だった。

クラスメイトが勧めるくらいだから流行《はや》っているのだろう。

なるほど、確かに皆の反応の通り、それだけの魅力だと納得すると共に、どうしたわけか、妙な既視感を覚えてしまい首を捻る。

「え」

また、その女優を見た春希の様子は尋常ではなかった。

顔は血の気が引いて蒼白《そうはく》で、必死に唇を噛《か》みしめている。

肩は何かを堪《こら》えるかのように震えて、繋いだ隼人の手には爪が食い込み血がにじむ。

その表情は明らかに普通じゃない。ごたまぜになった感情が決壊寸前だ。だけど隼人にはそれがどうしてだかわからない。

「——っ！」

「春希！」

そしてもう無理とばかりに隼人の手を放し、踵《きびす》を返す。

顔を俯《うつむ》かせカツカツとミュールで地面を鳴らし、肩肘《かたひじ》張って早歩き。そんな春希を困った顔で追いかける隼人。

傍から見れば怒らせてしまった彼女を、必死に追いかける図にも見えるだろう。

しかし隼人には、春希が必死に泣くのを堪えているようにしか見えなかった。

何と言って声を掛けて良いのかわからない。

だからと言って放っておけるものでもない。

――意地を張っている。

それが隼人から見た今の春希だった。

擬態、よい子、演技、１人っ子、生活感の無いリビング。様々な情報が隼人の中を駆け巡る。

何かが繋がりそうで、それでいて決定的な何かが欠けていて繋がらない。

それでもただ１つ、確かなことがあった。

（今のコイツを、春希を１人にしておけるかよ……っ！）

人混みに紛れて消え入りそうになる春希を、必死に見失わないように追いかける。

手を伸ばせば届く距離。だけど２人を確かに隔てている距離。それが何だか歯がゆく感じる。

「……ぁっ！」

「っと！」

咄嗟《とっさ》のことだった。

足を躓《つまず》かせた春希の手を取り、事なきを得る。

春希は何とも言えない顔を向け、そっと目を逸《そ》らす。

「……」

「……」

お互い何て言っていいかわからない。

こんなのただの偶然だ。

だけど隼人は、再び取った手を放してはいけないと思った。

「……これ、線路沿いに歩いて行ったら家に帰れるかな？」

「ん、どうだろう。わかんないや」

「よし、じゃあ行ってみるか」

「……隼人？」

大都会。私鉄の線路の隣を走る幹線道路。

田舎のあぜ道とは違い、青々と茂るシロツメクサの代わりに多くのビルや建物が立ち並ぶ。延々と続くその道を、２人で歩く。

気まずい空気は依然として横たわったまま。春希の顔は様々な感情を押し殺したもの。

隼人はそんな幼馴染《おさななじみ》の手を引いていた。

傍から見れば、ケンカして仲直りしたばかりの２人にも見える。そうそうお目にかかれない光景だ。

だけど隼人には、この状況にひどく懐かしいものを感じるのだった。

（……初めて出会った時も、こんな感じだったっけ）

もういつだったかわからないほどの昔。物心が付いたばかりの頃。

春希は笑わない子供だった。

人と、誰かと交わることもなく、膝《ひざ》を抱えて無表情。

辛《つら》い、苦しい、痛い、嫌だ、そんな気持ちを無理矢理押し込めて、そのくせ何かを待ちわびているようで、自分勝手に絶望して——だけれども、それでもと頑固になって意地を張る。

隼人はそんな春希が気に入らなくて、だから一緒に遊ぼうと手を引いた。

そう、今の春希はそんなはるきと一緒に見えた。見えてしまった。

昔と違うことなんてよくわかっている。

だけど、どうしたってこの状況が気に入らなくて手を引いている。結局、何も変わっていない自分に気付く。気付いてしまう。空いている手を握りしめ、爪が皮膚に食い込む。

「……隼人はさ、いつも強引だよね」

「そうか？」

ポツリと呟いた春希の声には、懐かしむような色が滲《にじ》んだ。

「手」

「うん？」

「ごつごつして大きいね」

「畑仕事をよく手伝ってたからな」

「背はボクの方が大きかったのになー」

「そうだっけ？」

「そうだよ」

「覚えてないな」

「ボクは覚えてるよ」

春希はギュッと繋いだ手に力を込める。

「初めて出会った時も、こうだった」

そう言って力なく笑う春希は、風でどこかへ吹き飛んで行ってしまいそうなほど儚《はかな》げで、心はとっくに泣いているというのに、絶対に泣いてやるものかと意地を張っていた。

隼人はそんな春希に掛ける言葉が見つからなくて、歯がゆくて、だけど俺はここに居るぞと伝えたくて、ぎゅっと手を握り返す。

そして、春希は隼人の隣に並び、再び歩き出す。

今度は隼人が手を引くのではなく、自分の意志で足を動かす春希と、昔のように肩先を並べて歩く。

だけど、どうしたってかつてと同じものにはならない。

並んだ背丈は頭1つ分。

繋《つな》いだ手は一回り。

着ている服は、泥だらけには決してできない、お洒落《しゃれ》な白のサマードレス。

それは、はやととはるきを隔てていた7年で、変わってしまったものだった。

それでもあの時と変わらずに繋いだ手からは、確かに変わらぬものがあるのだと、そんな信頼が伝わってくる。

だから春希は隼人の名前を呼ぶ。

「ね、隼人」

「うん？」

「1つだけ、愚痴を聞いてくれるかな？」

「あぁ」

「ボクね、あの家にさ、1人で住んでいるんだ」

「……」

それは2人の何気ない会話の延長を装っていた。いつもと同じように演じようとしている。

　ふと、前から仲の良さそうな親子が歩いてきた。

　手を繋ぎ、空いた方にはエコバッグ。

　それを見た春希の足が止まる。表情が曇る。

　絞り出した声は、どうしたって震えを隠せなかった。

「良い子で待ってるんだけどなぁ」

　それは様々な想いが込められた言葉だった。

　今の春希の、精一杯の言葉だった。

　ようやくにして紡がれたその一言もしかし、傍らを行く車のエンジン音に脆《もろ》く掻《か》き消されていく。

　初夏の日差しは西に傾き、ビルの影を２人に落としていた。

「なんてね」

　先ほどまでの空気とは一転、春希は明るい声を上げた。

「……そう、か」

それに対し、隼人は絞り出すように言葉を零《こぼ》す。

気が抜けたのか、繋がれていた手の力は緩められている。

「んー、それにしても結構歩いたね。このへん電車から見たことあっても歩くのは初めて……なんだか探検みたいだね」

「俺は完全に初見だから……って、この道で合ってるのか？」

「あは、迷ったら地図で確認すればいいでしょ。アプリで入ってない？」

「……う、あるけど、何だこれ地図というより迷路だ」

「月野瀬と比べると——ってなにあの店⁉」

「『止まるんじゃねぇぞ』ってパン屋か⁉　阿頼耶識《あらやしき》食パン2斤で９８０円、意味がわかんねぇ上に高ぇ！」

そして話を重ねるうちに、いつもと同じような調子を取り戻していく。

かつて新しい場所を探そうと野山に入って探検したように、木々でなく立ち並ぶビルから意外な店や看板を見つけては、他愛のない話に花が咲く。すっかりいつも通りだ。

だけどそれは、明らかに春希の誤魔化しだった。

先ほど見せた弱みに、これ以上踏みこませようとしないそれは、隼人と春希の間にある

7年の空白が生み出した、遠慮という名の壁だった。

隣を見ればいつものように笑顔の春希。

それが余計に隼人の胸を掻《か》き乱す。

どれだけ話しながら歩いていただろうか？

いつの間にか、家のある最寄り駅にたどり着いていた。

「あーボクたちの駅、着いちゃったね」

「そうだな」

「んー、夕飯には早いかな？　この服、スカートの裾《すそ》とか気になるし、一度帰って――」

「ダメだ！」

「隼人？　あのボク着替え……あ、大丈夫だよ、ちゃんと普段着とかもひめちゃんに――」

「ダメだ」

「あ、あのー……」

「ダメ」

強引だった。聞く耳持たなかった。

呆《あき》れの混じった困り顔の春希を、有無を言わせず引っ張っていく。

それは隼人の意地だった。だからその行為に理屈らしいものはない。

だから、必死に考えた言い訳を口から捻《ひね》り出す。

「……俺はその、まだ春希と遊び足りない」

「そ、そっかぁ」

とにかく、あの家に春希を帰したくなかった。振り返ることもなく、ただただ春希を自分の家へと連れて行く。それは本心も混じっていた。

だから隼人は、自分が如何《いか》に際どいことを言っているかの自覚がなく、手を引く春希の表情に気付かない。

夕方というにはまだ陽が高い夏の4時前。何とも言えない中途半端な時間。

そんな時間ともなれば、気が緩んで羽を伸ばしたくなるのは自然な事と言える。

「……あ」

「姫子……」

帰宅した隼人たちを、ギギギと音を立てるかのように振り返る姫子が出迎えてくれた。

バツが悪い顔をする姫子の手にはリング状のコントローラー、テレビの画面にはゲームのプレイ風景。一応テーブルの上にはノートと問題集が広げられており、勉強をしていた痕跡《こんせき》はある。

「き、筋肉はほら、一生の相棒やねん」

ゲームにある煽《あお》り文句で苦しい言い訳をする姫子に、呆れた顔をする隼人。

「知識や勉強もそうだな」

「うぐっ、あ、あのね、勉強ばかりだと息抜きも必要というか運動不足もいけないと思いましてですね、はい」

「はぁ……」

勉強もちゃんとしていたものの、どうやらまずいタイミングで帰ってきたようだった。

お互い変な顔で見つめ合う霧島兄妹《きょうだい》。

そんな幼馴染《おさななじみ》たちを見た春希は、先ほどまでの空気とのギャップもあって、何だか無性に可笑《おか》しくなって肩を震わせる。

「あははっ、ひめちゃん今年高校受験だっけ？　うんうん、息抜きも確かに必要だよね」

「そ、そうだよね！　あたし、ちゃんと今まで勉強してたし！」

「ええっと、それって身体を動かすやつだっけ？　興味あったんだよね。勉強ならボクが後で教えるからさ、皆で一緒にやろうよ」

「はるちゃん、わかってるーっ！　ね、おにぃ？」

「……まったく」

姫子とのやり取りのおかげで、それまで隼人と春希の間にあった、どこか張り詰めていた空気が霧散していく。

春希は、そして隼人も積極的にゲームにのめり込んでいく。

1人ずつしかプレイできないのだが、全身を使う運動になることもあり、3人で交互というのは丁度良いスタイルで、手番を待つものはヤジを飛ばしたりなどして大いに盛り上がる。特に春希のはしゃぎ様は凄《すご》かった。

「よっ、ほっ、とりゃーっ！」

掛け声を出しながら、全身を過剰に大きく動かす。一見無駄がありそうでしかし、しっかりポイントを稼いでおり、見ている方も魅入られるような動作だった。そして時折隼人や姫子の方に視線を送っては得意げな顔。明らかに魅せプを意識しているのがわかる。

しかし、今日の春希の恰好《かっこう》は、清楚《せいそ》さを残しつつも肩や太ももの肌色面積の多い白ワンピースのサマードレスである。

激しい運動をすれば、それはもう、際どい部分が見え隠れしてしまう。しかも本人は恐らくそれに気付いていない。

「ふんふん、はるちゃん、ちらりちらりとエロいですなぁ」

「姫子、オヤジ臭いぞ」

「ふひひ、で、おにぃ？　今日のはるちゃんの恰好どう？」

「見た目は可愛くはあるんじゃないか？　……まぁ、春希だけど」

「ほうほう、なるほどなるほど」

「な、なんだよ」

　隼人の目から客観的に見ても春希は美少女の類に映る。ドギマギしてしまうことはある。実際今も、煽情《せんじょう》的な姿を晒《さら》していた。

　だけどそれは、実妹である姫子と同じ様な、残念な感じで見てしまっている。そのはずだ。隼人はなるべく春希の方を見ないように視線をずらす。

「どう！　今の見た!?　これでボクが最高スコアだね！」

「あーっ！　ぐぎぎ、次こそあたしが……っ！」

「ほどほどにな？　明日《あした》筋肉痛になっても知らねーぞ」

　春希の煽りに姫子が反応し、場は盛り上がっていくのだった。


　夕食はカツカレーだった。

　豚肉の筋や脂身に切れ目を入れて、塩コショウ、すり下ろし生姜《しょうが》でしっかりと下味を付ける。それを最初はじっくり低温で、最後の仕上げでカラッと高温で揚げて、衣はさっくり、中身はジューシーにするのが隼人のこだわりである。

どんなソースにも合うとんかつだが、昨日の残りの夏野菜たっぷりごろごろカレーとも非常に相性が良い。おかげで皆の食もよく進み、カレーが無くなるまでぺろりと平らげた春希と姫子から、また「太っちゃう！」と文句が出るほどだった。

食べすぎたから運動をと言って、再びゲームに戻ろうとした姫子であったが、さすがにそれが認められるはずもなく、約束通り春希の指導の下勉強が行われた。

「そこのyは4を代入すれば――」

「ちょっと待ってはるちゃん、その4どこから出てきたの!?」

「え、最初の問題文の最初の式から、こう、ぱぱっと？」

「その計算式まだ解いてないのよね!?　ていうか合ってるし！」

春希の教え方は直感的すぎてお世辞にも上手《うま》いとは言えなかったが、それでも姫子のツッコミと共に和気あいあいと進められていく。

隼人はそんな2人の様子を背後にしながら洗い物をしたり、買ったばかりのスマホの取説とにらめっこしながら、今日あったことに想いを馳《は》せつつ眺めたりしていた。

今この時の空気を切り取れば、日常に戻ってきたと言える。

だけど確かに、今日は色々なことがあった。

（……見なかったことにはできないよな）

それだけ、あの時の春希の顔は強烈だった。

「ん、そろそろいい時間だね。ボクもう帰らないと」

「あ、もう9時回っちゃってる。おにぃ、送ってあげて」

「あぁ……」

何かが心に引っかかっていた。

強引に連れてきたものの、言うべきことを言っていない——そんなわだかまりに似たようなものがある。

だがどうして良いかわからず、隼人は姫子に言われるがまま玄関まで一緒に来てしまう。

「うわ、大雨！」

「土砂降りだな」

扉を開けた瞬間、ザアァーという耳朶《じだ》を殴りつけるかのような音が出迎えた。

部屋に居る時は気付かなかったが、外はかなりの大雨である。

バケツをひっくり返すという表現がぴったりであり、傘が一体どれだけ意味を成すのか疑問なほどだ。この雨の中を歩けば、今日下ろしたてのサマードレスも台無しになってしまうこと必至だろう。

「しょうがないね、傘、貸してくれる？」

「ん、あぁ……」

隼人は言われるがまま自分の傘を渡し、共用の廊下を通り、エレベーターの乗り込みエントランスを目指す。

「……」

「……」

無言だった。

先ほどまでの隼人の家に居た時の空気はどこにもなく、神妙なものが流れていた。

だけど何か話題が出るものでもなく、まるで祭りの終わりのような雰囲気であり、それは春希が土砂降りの外へと駆け出そうとする直前まで続いていた。

「あはは、これ傘なくていいかも。返すね。ボク、走るよ」

「待てっ！」

「え？」

気付けば隼人は駆け出そうとする春希の腕を掴《つか》んでいた。一拍遅れてエントランスを叩《たた》く傘の音が聞こえてくる。隼人の顔は、どこまでも真剣だった。

「帰るな、泊まってけ」

「…………え？」

突然の申し出に春希の表情が固まる。

しかしその驚きの声は、夜中に降る大粒の雨がただただ地面と屋根を叩く音に、掻《か》き消されていった。

◇◇◇

外はザァザァと土砂降りの大雨が音を立てている。

しかし防音がしっかりとしたこのマンションでは、ゴゥンゴゥンという乾燥機の音ばかりがよく響く。

乾燥機が隣接されている風呂場《ふろば》にも、その重低音がよく聞こえてきていた。

「何やってんだ、俺は……」

この呟《つぶや》きもその駆動音に掻き消されていく。

隼人は湯船につかりながら、自己嫌悪に陥っていた。

先ほどの自分の行為を思い出しては、顔を赤くして湯船に沈みこむ。

吐き出すため息はぶくぶくと泡になって、浮かんでは消える。

（ああ、くそっ！）

先ほどのことを思い出すだけで、どんどんと顔が熱くなっていくのを自覚してしまう。

思えば随分と大胆な行動だった。

『ええぇぇっ!?　ボ、ボクを泊めたいって、すごく大胆なことを言うね!?　あれかな、エロいことされちゃうやつ!?』

『っ!?　ち、違っ、その、この雨だしせっかくの服も濡《ぬ》れるというか、風邪になったらいけないというか、アレだよアレ！』

『アレって何かな、んんん～っ!?　それだけボクと一緒に居たいってことなのかな？　かなっ!?』

『……そうだよ、くそ！　だから今日は泊まってけ、戻るぞ！』

『え、ちょ、本気!?　ボクたちはそんな関係じゃないというか、まだ早いというか、心の準備というかひめちゃんも居るっていうか！』

『あぁ、姫子も喜ぶな。なんていうかその――』

当然、そのことに気付いてしまえば、お互い大騒ぎだ。

慌てて茶化して火消しに走ろうとするが、それでも隼人にはどうしても譲れないことがあった。

『――今日の春希は、あの家に帰したくないんだ』

『……ぁ。うん……そっか、うん……』

それはただの隼人の我儘《わがまま》だった。昼間に見せたあの寂しそうな春希の顔が、どうしてもチラついてしまっての行動だった。

こうやって冷静になって考えると、随分とアレな発言である。

春希を連れて戻った時、姫子はとても驚いたものの『お泊まり会だ！』と喜んでくれたことが幸いか。

「あー熱《あち》ぃ、上がるか」

そんなことをずっと考え込んでいたものだから、かなり長風呂《ながぶろ》をしてしまっていた。春希と姫子は既に済ませた後なので、文句を言う人は居ない。

隼人はのぼせた頭を冷やそうと、冷たいシャワーを軽く浴びてから風呂を出る。

ささっと全身の水気を拭《ふ》き取り、髪は湿ったままの状態で、ハンドタオルを首に掛ける。

急遽《きゅうきょ》泊まることになった春希の寝床をどうしようかと考えながら、自分の部屋へと戻った。

「あ、おかえりー。色々借りてるよー」

「……」

そこに居たのは、どこまでもいつも通りの春希だった。

夜中に異性の部屋にいるにもかかわらず、隼人のベッドの上で枕を抱いて俯《うつぶ》せになり、漫画を読みながらパタパタと足を小さく動かしている。

着ているのはぶかぶかの隼人のTシャツ1枚で、さすがに下は見え隠れしないようにとタオルケットで覆っていた。また髪型も風呂上がりで寝る前だからなのか、左右におさげにして垂らしており、隼人の目には新鮮に映る。

そんなリラックスした姿を見せられると、なんだか自意識過剰だったんじゃと、妙に気恥ずかしくなってしまった。バリバリと濡れた頭をハンドタオルで拭きながらため息を吐く。

「エロ本探したけど無かったんだよね。パソコンの中かな？」

「アホ言え……それよりも、そのシャツ俺のか？　姫子に借りなかったのか？」

「あー……」

隼人の言葉に、春希は急に真顔になって、ベッドの上で正座して向き直る。ちなみにキッチリと下半身はタオルケットで隠したままだ。

「そのですね、ボクとひめちゃんだと、ひめちゃんの方が少しだけ背が高いくらいでほぼほぼ同じなのです」

「うん？　だから姫子ので問題ないんじゃ？」

「ええっと借りたのですけどね、胸がキツイと言ってしまったら無言で隼人のシャツを投げつけられてしまって……」

「……」

「……」

「……ぶふっ！　は、春希それは……って、くくっ、姫子もそういうの気にしてるんだな……ははっ」

「ど、ど、どうしよ!?！　ひめちゃんすんごく拗《す》ねちゃっててさ、何を言ったら……もう、隼人！　笑ってないでさ、ひめちゃんのお兄ちゃんなんだから何かアドバイスちょうだいよーっ！」

「痛っ、痛っ、背中叩くなって！　甘いものでもやれば機嫌直すって！」

「うわ、なげやりっ!?」

　春希としては大真面目に相談したにもかかわらず、話を聞くなり噴き出してしまった隼人。ぷくりと頬を膨らませた春希は、抗議のつもりでバシバシと背中を叩き出す。

　どうやら春希は、姫子の地雷をぺったんと踏み抜いてしまったようだった。

　隼人は姫子がそれをコンプレックスにしていることは、日々牛乳と格闘をしているのでよく知っている。

なるほど、姫子が拗ねるのも無理はない。

「……ひめちゃんも胸の大きさとか気にするようになっちゃっててさ、ほんと、女の子になっちゃってるんだなぁ……」

「春希？」

ふと、春希がしんみりとした声を出して、それまで叩いていたシャツの背中を、ぎゅっと握りしめた。そしてペタペタと何かを確かめるかのように背中をまさぐり始める。

「大きいね。昔はボクとそんなに変わらなかったはずなのに、随分と差が付いちゃった。ひめちゃんにも背は抜かされるし、隼人は料理の手際とかすごいしさ……ボクたちってもう、あの頃のままじゃないんだよね……」

「……まぁな、俺も色々あったし」

「そっかぁ……」

春希が力なく呟く。普段通りを装っているように見えて、やはり昼間の件を引きずっているのだろう。

――１人にしなくてよかった。

隼人はそう思うがしかし、事情を知らないが故にこれ以上話しかける言葉を持っていない。これ以上踏み込むには、あまりにもお互い知らないことが増えすぎてしまっていて躊躇《ためら》われてしまう。7年という歳月が作った空白は、大きくそして深い溝だった。

　他にも色々と変わってしまっている。

　声の高さも違うし、がっしりとした隼人の肩幅と丸みを帯びた撫《な》で肩の春希、それぞれに身に付いた習慣に特技。そして、お互いを取り巻く環境。いくら願えども、何も知らずにただ笑って遊んでいた頃には、もう戻りはしない。

　だけど、それでも隼人には、あの頃と変わらないと言える気持ちが胸の内にあった。

「今日さ、楽しかった」

「……え？」

「なんかさ、お互い色々あるんだろうけどさ、今日は春希と一緒に遊んでて、その、楽しかったんだ」

「…………ぁ」

　隼人の顔は真っ赤になっていた。風呂場での赤さの再現だった。

　きっとこれは場の空気に呑《の》まれた勢いで言っているだけで、明日《あす》の朝に起きた時には恥ずかしくなって悶《もだ》えてしまうのはわかっている。

　それでも、今の春希に対して、どうしても言わずにはいられなかった。

「俺さ、春希が居なくなってから寂しかったんだ。他に同世代の友達もいなくてさ。今日だけじゃなくて、こっちに来てからは昔のように毎日が楽しくて……だから再会できて、凄《すご》く嬉《うれ》しかったんだ」

「隼、人……」

わざわざ口に出すことでもないかもしれない。きっとお互い何となくわかっていたことでもある。

だけど今、そのことをはっきりと口に出すことに意味があるのだと、言葉にして伝えなきゃいけないのだと、そんな確信と使命感にも似た何かがあった。

「あのさ、春希に何があったか知らない。俺にできることなんてたかが知れてるかもしれない。だけど、それでも傍に寄り添うことくらいはできるから。昔と違ってさ、スマホもあるし、駆けつけることくらいは――春希？」

「…………………え？」

照れ臭さから俯《うつむ》きガリガリと掻いていた頭を上げた時のことだった。

隼人の目には、ボロボロと大粒の涙を流す春希が映る。

本人は気付いていなかったのか、隼人の驚く顔を見て初めて、自分が泣いていることに気付く。

「ボク、どうして……あれ、何で……あは、おかしいな……」

もはや感情をコントロールできないのか、いくら涙を拭《ぬぐ》っても治まる気配はなく、その顔はぐちゃぐちゃだった。

お互い、どうしてこうなっているかなんてわからない。

ただ、今の顔は見られたくないだろうと、隼人はそっと背中を向ける。

「これ、貸すよ」

「ん……貸されとく」

ポスン、と背中に額を押し付けられる感覚が伝わる。そしてやがて、隼人の背中から嗚《お》咽《えつ》が漏れてきた。

切っ掛けはどの言葉かはわからない。

だけど一度堰《せき》を切って流れ出した春希の涙は、止まることを知らなかった。

そしてこれは、７年の間に我慢してきたものの発露でもあった。

いずれこのまま抱え込みすぎてしまっていたら、彼女は壊れてしまっていたかもしれない。

――だから、今は存分に泣けばいい。

本当はそんな顔なんてさせたくないくせに、隼人は背中に広がる熱いものを感じながら、自分の手を痛いほどに握りしめていた。その胸にあるのは、ただただ無力感と自分への怒りにも似た想いだった。

（俺、は……）

一体どれだけ時が経ったのだろうか？　ふと、背中からぎゅっと回されていた春希の腕の力が抜けた。

「……春希？」

話しかけても反応が無い。心なしか寄りかかる重さが増えたように感じる。

ゆっくりと背中越しに様子を窺《うかが》えば、すぅすぅと規則正しい寝息が聞こえてきた。どうやら泣き疲れて寝てしまったようだった。

「……おい」

「……んぅ……」

隼人が身動《みじろ》ぎするも起きる気配はない。顔を覗《のぞ》き込めば随分と気を許した表情をしており、それだけ今まで張り詰めていたものが切れてしまったのだとわかってしまった。わざわざ起こすのも躊躇われてしまう。

しかし、このままにしておくわけにもいかない。

隼人はしばし逡巡《しゅんじゅん》した後、心の中で一言ごめんと断りをいれてから、ベッドに運ぼうと春希の身体を抱きかかえた。

（……軽っ！）

そしてこの幼《おさな》馴染《なじみ》の軽さにひどく驚く。

再会し、隣を歩き笑い合い、体格に差ができてしまっていたことは、頭ではわかっているはずだった。一体どれだけこの小さな身体で色々と抱え込んできたのかと思うと、胸が締め付けられてしまう。

隼人は壊れ物を扱うようにして春希をベッドに寝かせ、タオルケットを掛ける。

安心しきった顔だった。とても綺麗《きれい》な顔だった。それは春希が隼人を信頼し切っているからこそ見せる無防備な顔だ。そんな顔を見せられて、隼人の心は自分でもわからない色んな感情でごたまぜになってしまう。

自分のシャツを着て、自分が普段眠る場所で寝顔を晒《さら》している姿を目にすれば、自然と手が伸びた。

「……おかぁ、さん」

「――……っ」

そして春希の寝言に、隼人はビクリと肩を震わせた。

小さくため息をひとつ。目の前の顔を見れば眦《まなじり》に涙を溜《た》めており、それを指先でそっと拭って立ち上がる。

「……おやすみ」

そう小さく呟《つぶや》き、灯《あか》りを消した。


「……おにぃ」

「……姫子」

部屋を出ると、どこか手持ち無《ぶ》沙汰《さた》にしていた姫子が立っていた。

どうやら春希のことを気にかけていたらしい。何があったか声は筒抜けだっただろう。

隼人が苦笑して肩をすくめれば、姫子も一拍遅れて苦笑を返す。どこかホッとしたような空気が広がる。

それじゃあと隼人が手を上げリビングに向かおうとしたら、くいっと姫子にシャツを引っ張られた。

「おにぃ、背中ぐちゃぐちゃ。着替えた方がいいよ」

「うわ、これ鼻水までついてないか？」

「はるちゃんにも困ったもんだね」

「……そうだな」

そして隼人と姫子は顔を見合わせ小さく笑った。

第14話　俺の前でだけ昔のノリって、いや、ちょっと！

昨晩から降り続いた雨は、明け方にはすっかりと上がっていた。

大気中のゴミを綺麗《きれい》に洗い流した空は青く深く澄み渡り、夜明けから間もないにもかかわらず自己主張の激しい太陽は、カーテン越しでも春希《はるき》の目蓋《まぶた》を刺激した。

「ん……ぅ……アレ？」

目が覚めた春希は、目に飛び込んだ見慣れぬ風景に戸惑ってしまう。寝起きの頭はなかなかうまく働かない。しかし不思議と心は穏やかで、ゆっくりと周囲を見渡しているうちに意識もはっきりとしてくる。

「あー、そうだった。ボク、お泊まりしてたんだっけ」

春希が泊まっていたのは隼人《はやと》の部屋だった。

部屋の主の隼人には別にソファーでも良いと言ったのだが、誘った本人の我儘《わがまま》だからと押し切られた形だ。

時計を見れば5時少し前。随分と早く目を覚ましたにもかかわらず眠気はない。それだけぐっすりと眠ってしまっていたのだろう。

不思議な感覚だった。

いつもどこかで感じていた、心の中にあった澱《よど》みのようなものはどこにもなく、昨日の涙と共に洗い流されたのか、この空のように澄んでいて晴れやかな気持ちだった。

『——傍に寄り添うことくらいはできるから』

ふと、昨夜の隼人の言葉を思い出す。

布団や着ているシャツからは嗅《か》ぎなれない匂いが漂っている。

春希には大きすぎて、サマードレスと同じくらいの裾《すそ》になっているシャツをぎゅっと握りしめる。

「……えへ」

そして自然と笑いが転《まろ》び出た。

ワンピース状になっているシャツにくるまれていると、何か大きなものに抱きしめられているかのような安心感すらあって、どうやら浮かれているという自覚もある。

なんだかそれが嬉しいやら気恥ずかしいやらで、顔を枕に埋《うず》めながらみゃーみゃー鳴いて、ごろんごろんとベッドを転がってしまう。

（守られる約束もあるんだね……）

そっと左手の小指を見つめる。絡めた時の感触を思い出す。

するとまたもやたちまち隼人の顔が脳裏に浮かんでしまい、落ち着かない気分になってしまう。

春希は自分がどうしてそうなってしまうのかわからず、どこかモヤモヤする気持ちを振り払うかのように頭《かぶり》を振った。

「っと、今日は月曜日だし、ゆっくりはしていられないかな」

当然ながら学校もある日だ。課題こそ事前に済ませているとはいえ、家に戻って制服に着替えなければならないし、溜まっている燃えるゴミも出さなきゃいけない。

なるべく平常心を保とうと、そんなことを考えながら足音を殺してリビングに向かう。

「……ん…………ぅ……」

「――――っ！」

そこには、かろうじてお腹の上にタオルケットが掛かっているだけの隼人の姿があった。

眠りは深く起きる気配はない。寝相はあまり良くなく、片足はソファーから床に投げ出されており、暢気《のんき》そうな顔でくぅくぅと寝息を立てている。

春希はそんな隼人の顔を目の当たりにすると、胸の奥でくすぶっていたものが一気に燃え広がるように、突如胸が高鳴りはじめてしまった。

（なに、これ……）

春希は沸き立ってしまったこの、自分でもよくわからない感情に困惑してしまう。

思えばそれは、今だけのことではない。彼と再会したその日から感情を掻《か》き乱されっぱなしなのだ。

転校初日、あの頃と随分変わった姿を見てどう思われるかと思ってみれば、昔と変わらぬ含み笑いを見せては猿の妖怪《ようかい》扱い。他の男子と違い、打算や下心なしに色々と差し伸べてくれる手。ドキドキさせてやろうと揶揄《からか》うも、締まらなかったり逆に返り討ちにあってしまう始末。昨夜なんて、完全に自分の弱いところを曝《さら》け出してしまっていた。

そのことを思い出せば、たちまち羞恥《しゅうち》で顔が熱くなっていってしまうというのに、目の前の隼人は暢気な寝顔なのである。

（何かボクだけこんなでさ、ズルい……！）

隼人のおかげで心は軽くなった。助けられてしまった。

それはきっと親友だから、何があっても友達だからと交わした誓いがあったからだろう。

嬉《うれ》しいと思う反面、自分ばかりがしてやられてばかりで、それを何だか悔しくも思う。

そんな幼稚じみた思いから、何か悪戯《いたずら》してやろうと寝ている隼人に近付く。

（さて、どうしてくれよう）

春希は意地の悪い笑みを浮かべながら、まじまじと隼人を観察する。

ボサボサで伸びるに任せた硬そうな髪、意外と長いまつ毛、少し陽に焼けた肌に、よく見れば妹の姫子《ひめこ》の面影があるも、それでいて春希にも異性を感じさせる端整な顔立ち。

（……あれ、もしかして隼人って結構カッコイイ？）

不意にそんなことを思ってしまった。今まで春希にとって隼人ははやとであり、考えもしなかったことである。

動揺と混乱からなのか胸は痛いほどに早鐘を打ち、どうしたわけか、カサカサで少しひび割れた隼人の唇が、何かおいしそうなものに思えたり、自分が潤いを与えたいだなんて思ったりしてしまって、吸い寄せられるかのように自然と顔を近付けてしまう。

そんな時だった。

「んん……」

「――――ッ!?」

隼人は何の前触れもなく寝返りを打った。突然の動きで接触しそうになった春希は、我に返りバーッと後ずさり自分の唇に手を当てる。

バクバクしたままの心臓を抱えながら隼人を見てみれば、今のことは何でもないような顔で、相変わらず悠々と寝息を立てていた。

（ボク、今なにを……）

それは完全に無意識だった。冗談でも友達にはしない行為だ。明らかに一線を越えたものである。

春希は自分の行動に驚きと動揺を隠せないと共に、頭の中は、この憎らしく涼しい顔をしている隼人のことでいっぱいになってしまっていた。

「――っ！」

このままじゃダメだ！　してやられっぱなしだ！

何とかこの親友に一矢報いなければ不公平な感じがして、まともに顔が見られない気がして、そんな子供じみた対抗心を燃やしながら、隼人の部屋に戻ってクローゼットを開く。

「うわ、キッチリしてる……てことはきっとこの辺に……あ、あった」

とあるものを見つけた春希は、いそいそとそれに着替えてリビングに戻る。

時刻はまだ5時丁度。相変わらず隼人は眠ったまま。

春希はその眠りの深さを確かめるように声を掛けて頰をつつく。

「おーい、起きてますかー？　起きないと大変なことになるぞー？　いいのかー？」

小声で何度か囁《ささや》くも、「んんーっ」と間の抜けた声が返って来るだけである。

（昔から一度昼寝とかしちゃうと、何をしても、なかなか目を覚まさなかったっけ）

何をしても起きないな、と確信した春希は、大胆にも隼人の身体を動かしていく。

「これは仕返しなんだからね――んっ」

まるで自分に言い訳するかのように呟《つぶや》いて――そして、早朝の静かなリビングにカシャリとスマホの撮影音が響き渡る。

春希の口元には、子供めいた悪戯っぽい笑みが広がっていた。

◇◇◇

「んんーっ……うん？　と、そうだった……いてて」

隼人はいつもと同じ時間に、いつもとは違う部屋で、違和感を覚えながら目を覚ました。どうやら慣れぬソファーで寝たためか、首と背中が少し痛む。

ゆっくりと伸びをしながら辺りを見渡すと、ダイニングテーブルの上に書き置きがあることに気付く。

『昨日はありがと。着替えとかあるから戻ります。それから、昨夜のことは忘れて！　いいね!?』

最後の方の文字は力強く殴り書きになっており、春希の心境が窺《うかが》い知れる。

その隣には、ご丁寧にもきちんと折り畳まれた春希の着ていたTシャツがあり、手に取ってみれば、ほんのりと甘い残り香が感じられた。

「朝くらい食べていけば良かったのに」

なんだか自分以外の香りが無性に気恥ずかしくなって、言い訳とばかりにそんなことを呟く。

根拠はないけれど、春希はもう大丈夫――そんな気がして、隼人はホッと息を吐いた。

「さて、色々準備しますか」

月曜日の朝は忙しい。そしてどこか憂鬱《ゆううつ》だ。しかしやるべきことも多い。

ゴミ出しに学校の用意、朝食の用意に弁当も作らなきゃならない。隼人はこれらのことを慣れた手際で、そして無心でテキパキとこなしていく。

そうしないと昨夜春希に言った小っ恥ずかしい台詞《せりふ》を思い出して、悶《もだ》えそうになるからだった。

「ふぁ……あふ。おにぃ、おはよう。あれ、はるちゃんは？」

「色々準備があるから先に戻った。ほら、姫子は顔洗ってこい。寝癖ひどいぞ？　その間に朝飯用意しとくから」

「うぐっ、爆発してる……ん？　おにぃ、首どうしたの？」

「首？　あぁ、少し寝違えて――」

「そうじゃなくてさ、そこ、右のほう赤くなってる」

「右？　痛むのは左だが……って、姫子？」

　起きてきた姫子と背中で会話をしていれば、ふと、調理している隼人のシャツの背中がくいっと引かれた。

　どうしたことかと振り返れば、少し寂し気な顔で、それでいて無理矢理笑顔を作ったかのような姫子の顔が飛び込んでくる。

「……はるちゃん、大丈夫かな？」

「姫子……」

　どうやら姫子も、昨晩の春希の様子に思うところがあったようだった。

　もしかしたらスマホでのやり取りから、ある程度の事情も察しているのかもしれない。

　それでいてこの表情ということは、姫子も隼人同様、7年の空白の遠慮から踏み込めないでいるのかもしれない。

　だけど隼人には、1つはっきりと言えることがあった。

「大丈夫だろ」

「どうして？」

「そりゃ、俺が――友達《俺》が傍についているからな」

「……ぷっ。くっさ！」

「う、うるせぇ！」

姫子は目をぱちくりさせたかと思えば、急に噴き出して悪態を吐く。だけど、その顔は笑顔に変わっていた。

「ふふっ……でも、そっかぁ。あたしも頑張らないとね」

隼人も姫子に釣られて、笑みを零《こぼ》した。


昨晩のうちに雨が上がった空はいつもより青く澄み渡っている。

初夏の早朝の太陽が、通学路を行く隼人の肌をジリジリと焼く。

「あっちぃ……でも、雨上がりか……」

雨。天の恵み。そう呼ばれるように、雨後の作物は急激に育つ。

しかし良いことばかりがあるわけではない。昨晩ほどの大雨ならば畝《うね》が崩れてしまう心配もあるし、急激に水分を取って実を破裂させることもある。

先日の約束のこともあって、自然と足は花壇へと向かっていた。

「おはよーっす。豊作みたいだな？」

「あ、霧島《きりしま》さん！」

校舎の外れにあるそこには忙《せわ》しなく収穫に勤《いそ》しむ、くりっとした毛が特徴的な小柄な女の子――三岳《みたけ》みなもの姿があった。

昨晩の雨と今朝の天気のおかげで、多くの野菜が実っている。近くには小さな段ボールが2つあり、既に大方埋まっている。雨で流れた土も再び寄せられており、彼女が随分早くからここで世話をしたのが窺い知れる。

「手伝う、と言いたいところだけど、もう終わってそうか」

「おかげさまでいっぱい採れました！　けど、その……」

「あ、もしかして採れすぎて持て余してる？」

「はい……」

三岳みなもは困った顔で微笑んでいた。隼人と分けたとしても、消費しきれないくらいの野菜が段ボールに積まれてある。特にナスが大量だった。

豊作貧乏、という言葉が隼人の脳裏に過《よぎ》る。月野瀬《つきのせ》の田舎では、できすぎて強制お裾分《すそわ》けされることも珍しくはない。

「トマトならおじいちゃんのところでお裾分けできるのですが、ナスは……」

「一夜漬けにしてみたら？　前住んでた田舎じゃよくお茶請けや酒のつまみになってたぞ」

「あの、それはどうやって」

「じゃあ今度作り方を撮って送るよ」

「あ！　買ったんですね！」

「昨日な」

そう言って、隼人は三岳みなもとＩＤを交換する。

（なんとか自然な流れで言えたか？）

何気ない風に切り出してみたものの、隼人は結構緊張していた。

春希や姫子と違って、知り合って間もない、しかも異性が相手なのだ。何度か脳内でシミュレーションもしていたし、無事約束を果たせたことにホッとする。

そんな隼人の顔とは対照的に、三岳みなもは顔を赤くしつつ、どこか申し訳なさそうな表情で見上げてきているのに気付く。

「あのえっと、私とその……良かったのでしょうか？」

「へ？　どういう……」

「か、彼女さんとかその……っ」

「彼女？」

隼人は予想外の単語に首を傾げる。

どういうことかと三岳みなもの視線を追っていけば、右の首筋に注がれていた。今朝、姫子にも指摘されたところだ。

「ああ、これ。妹にも指摘されたけど、そんなに目立つのか？」

「な、仲が良いのはいいことでっ！　でもっ、キスマークはその……はうぅぅぅっ！」

「み、三岳さん!?」

何か重大な勘違いと誤解をしたまま、三岳みなもはボンッと顔を赤くしながら走り去っていく。

後に残された隼人は、収穫された野菜たちと共に、どうしようと途方にくれる。

『野菜預かっています。それと首は虫刺されです』

隼人が初めて打つスマホのメッセージは、そんな言い訳めいた、しまらないものだった。

教室が近付くにつれ、隼人の頭に思い浮かぶのは、ひたすら春希のことだった。

かつての親友。

一緒に擦り傷を作り、服も泥だらけになって遊んだ仲。互いの貸しと思い出を積み重ね、いつまでも友達だと誓いを交わした幼《おさな》馴染《なじみ》。

しかしいざ再会してみれば、以前とはかけ離れた姿になっていた。

並んでいた背丈は頭1つ分。

繋《つな》いでいた手は一回り。

駆ける速さは同じでも、差ができてしまった歩幅。

短かった髪は長くつややかに、擦り傷だらけだった肌はシミ一つなく白くなめらかに、昨日着ていたものは決して泥なんかで汚すことができないほどオシャレで可愛らしいサマードレス。

戸惑ったりドギマギと狼狽《うろた》えたりすることもある。それだけ魅力的な女の子になっていたのだから当然だ。

だけどひとたび一緒に遊べば、あの頃と変わらず楽しいという気持ちを共有できる、掛け替えのない相手だというのは変わっていなかった。

たとえ学校では冴《さ》えない転校生と清《せい》楚《そ》可憐《かれん》で人気者の女の子だとしても、それは――

「おはよーっす……うん？」

「よっ、霧島！　その首どうしたんだ？」

「キスマークがついているらしい。残念ながら相手は虫だけど……でアレは何だ？　珍しいというか」

「ははっ、確かに。オレもあんな二《に》階堂《かいどう》を見るのは初めてだ」

　教室に入ってすぐ隼人の目に飛び込んできたのは、自分の席で皆に囲まれている春希の姿だった。

　そこまでならいつもの光景と言える。だけど今朝の春希は、自分から積極的に話を振っていた。

「こっちがひめちゃん――この子と一緒に選んだやつでして、ほら、これもです！」

「わぁ、可愛い！」

「色んな恰好《かっこう》が似合っていいなぁ」

「いくつか明らかにダサい変なのも交じってるけど、そこもなんか遊んでるって感じだよね」

「だ、ダサっ……あ、あはは……」

　二階堂春希は人気者だ。その容姿と物腰から、ある種のアイドルじみた存在でもある。放って置いても人に囲まれ話しかけられ、彼女の方から話しかけることはほぼ無いと言っていい。

　そんな春希が自慢するかのように誇らしげにスマホの画面を見せびらかしていれば、それは目立つな、興味を持つなと言う方が難しい。

（……あんな風に他の奴にも話すんだな）

隼人は浮かれているともいえる春希の姿を見て、何か釈然としない想いが過《よぎ》ってしまった。

「例の幼馴染との写真なんだって。なんでも週末一緒に服を買いに行ったとか」

「へ、へぇ」

「かー、反応薄いな、霧島！　幼馴染も美少女っていうし、し・か・も！　あの二階堂さんの私服姿があそこに写ってんだぞ!?　くぅ、オレも見てぇ！」

「そ、そうか」

興奮気味に力説する森《もり》であったが、隼人の反応は今一つである。昨日の恰好はともかく、持っている私服がアレな春希を容易に想像できたし、写っている幼馴染は生まれた時から見知った実妹だ。何とも言えない苦笑いしか出てこない。

それでも、皆に幼馴染《姫子》のことを嬉《うれ》しそうに話す春希の姿は、今までどこか周囲に作っていた壁がいくらか取っ払われたかのような気がして、好ましい変化のようにも思えた。思うようにした。

きっと昨夜の涙を切っ掛けに、春希の中で何か良い変化があったのかもしれない。

これは春希にとって良いことなのだ――そんなことを考えながら自分の席を目指す。

「おはよーっす、二階堂さん」

「あ、おはようございます、霧島くん」

「朝から人気者だな？」

「霧島くんも見ますか？　私の幼馴染の写真なんです。ほら、これなんですけど、上手《うま》く撮れてると思いませんか？」

　そう言って春希はぐいぐいとスマホを画面を見せようとアピールしてくる。

　二階堂春希の幼馴染と言えば姫子のことである。隼人からしてみれば、何が楽しくて見慣れすぎている妹の画像をとなるし、それは春希もわかっているはずだ。

　先ほどのモヤモヤした気持ちもあって、素っ気無い態度になってしまう。

だというのに、春希は執拗《しつよう》とも言えるくらいスマホをこちらに推してきていた。傍から見れば、自分の大切な幼馴染を自慢したいという微笑ましいものに見えるだろう。

「いや、俺は特に——ってぇえええぇっ⁉」

「やんっ」

　隼人はその画面を見た瞬間、思わず春希の手からスマホを奪い取ってしまった。

　そして春希の可愛らしい驚きの声が周囲に響き渡り、その突然すぎる隼人の行動に、皆が目を丸くして見ている。

一体今の隼人は、二階堂春希の幼馴染を見てどう思っていると周囲に思われているのか——そんな周囲の視線や疑問がどうでもいいと思うくらいの驚きに打たれていた。

「お、お、おい、おま、ちょ、これ……っ！」

「どうです、よく撮れてるでしょう？　私の大切な幼馴染なんです」

そこに写っていたのは、隼人の制服のシャツを着て腕枕をされながら首筋に唇を這《は》わせている春希の自撮りの画像だった。ご丁寧にもそこには煽《あお》り文句なのか、『隼人ならボクの隣で寝てるよ』という文字まで躍っている。どうやら首筋のうっ血はこれが原因らしい。

目の前の春希がにっこりと笑う。

だがそれは、皆の前で見せる楚々《そそ》として嫋《たお》やかな笑みでなく、幼い頃から見慣れているどこか悪戯《いたずら》っぽい笑みだ。

ふと、隼人の頭の中を様々なことが駆け巡る。

この7年の間に何があったのかわからない。

きっとそれはまだ、おいそれとは言えないことなのだろう。

だけどそれは、この空白が埋められたら言ってくれるに違いない。

『はるき、おれたちはずっとともだちだから！』

焦ることはない。

かつて交わした小さな約束が、確かに今も息づいているのだから。

それでも今の隼人は、心の中で声を大にして言いたい気持ちがあった。

「は、はる……に、二階堂……ッ！」

「ふふっ」

——俺の前でだけ昔のノリって、いや、ちょっと！

第15話　ただいま

夏の夕暮れの帰り道。

春希《はるき》は1人、足取り軽く歩む。少し自分が浮き立っている自覚もある。

1人なのは放課後担任経由で色々用事を頼まれていたからだった。

春希がそういうことを頼まれるのは珍しくはない。むしろ今までは積極的に手伝いを買って出ていた。

それは1人ぼっちの家に帰るのを、少しでも引き延ばしたいという想いからであったのだが、どうやら今日の春希は周囲にとって少し様子が違って見えたらしい。

（……そんなにボク、そわそわしている様に見えたのかな？）

用事で寄ったそこかしこで『急いでいるのにごめんなさい』と謝られたことを思い出す。

もちろん、そんなことを言われたのは初めてであり、春希自身にも気が急《せ》いていた自覚は無い。

（うーん、きっと今朝のことで早くゴメンって言いたいのかな……？）

　さすがに今朝の一件はやりすぎだという自覚もあった。

　この日は一日、隣の席でブスーッと拗《す》ねた顔をしていた隼人《はやと》の顔を思い出し、苦笑いを零《こぼ》す。

　普通に考えれば、仲が拗《こじ》れても仕方がない悪戯とも言えた。しかしどうしたことか、春希の口元はほくそ笑み、そうはならないという確信じみた想いすらある。

「あ、はるちゃんだ。今帰り？」

「ひめちゃん。うん、そうだよ」

　大通りから住宅街に差し掛かるところで、学校帰りの姫子《ひめこ》と出会う。

　向かう場所は一緒なのでどちらからということもなく、肩を並べて歩き出す。

　どうやら姫子は図書室で友人たちと勉強会をしていたらしい。

　流れる帰路を背景に「疲れた」だの「受験勉強もうイヤ」という愚痴にも似た言葉が飛び出せば、春希は昨夜のシャツの件はケロリと無くなっていることに気付く。その辺、姫子も隼人と同じだなぁと、くすくすと忍び笑いが零れてしまう。

「……って、はるちゃん、何か随分機嫌がいいね？」

「へ？　そ、そうかな？」

春希の笑みはどうやら無意識のようだった。姫子に言われて初めて気付く。

そして姫子は一瞬訝《いぶか》し気な表情を作ったものの、まぁいいかとすぐに元の愚痴モードにもどり、再び家に向かって歩き出した。

「ただいまー……って、おにぃ陰気くさっ！」

「…………うっせ」

「あ、あはは」

春希と姫子、2人してマンションに戻れば、ふてくされた様子でひたすらナスと白ネギを短冊切りにしている隼人の姿があった。豚ひき肉と豆板醤《トウバンジヤン》が見えるところから、今夜はマーボーナスの予定らしい。

悶々《もんもん》とした気持ちをぶつけるようにひたすら刻み続ける姿からは、隼人の不満げな気持ちがよく見てとれる。

姫子はそんな兄の様子と苦笑いする春希の顔を交互に見やり、呆《あき》れたようなため息を吐いた。

「もう、はるちゃん何やらかしたの？　ほら、思い当たることがあるなら謝って！　あたし、辛気臭い空気でご飯食べたくないよ」

「……あっ」

　そうやってトンと姫子に背中を押された春希は、勢いのままにすごすごと隼人の隣に足を進めては申し訳ないといった顔を作る。

　春希の姿を認めた隼人は一瞥《いちべつ》したものの、包丁を動かす手を止める様子はない。それでも春希は隼人の顔を覗《のぞ》き込むようにして首を傾げ、謝った。

「ちょ、ちょっとやりすぎちゃったかも……その、ごめんね？」

「…………ふぅ」

　そして大きなため息を一つ。隼人は手を止め向き直り、そしてガリガリと頭を掻《か》きながら困ったような、しかししょうがないなといった声色で春希を包む。

「……おかえり」

「……っ」

　春希は一瞬驚き戸惑い、そして言葉の意味を咀嚼《そしやく》すると共に気恥ずかしさと、そして嬉しさを滲《にじ》ませて思いを返す。

「――ただいまっ！」

そして、隼人と再会してから一番の大輪の笑顔を咲かすのであった。

あとがき

どうも、雲雀湯《ひばりゆ》です。正確にはどこかの街にある銭湯・雲雀湯の看板猫（という設定）です、にゃーん！　この度は『転校先の清楚可憐な美少女が、昔男子と思って一緒に遊んだ幼馴染だった件』をお買い上げいただき、ありがとうございます！　どうにかして本作を書籍として世に送り出すことが出来ました。

タイトルからしてラブコメです。自分の『好き』をいっぱい込めました。そしてラブコメですが、青春モノというのを強く意識して書いています。

未《いま》だ恋には至らないどこかあやふやな好意、隔たっていた年月に間に出来てしまったお互いの変化からくる戸惑い、それでも確かにある絆《きずな》。一緒に居て楽しいけれど切なくもどかしい、そんな青酸っぱいものを描きたいなと。いかがだったでしょうか？

そんな本作ですが実は第一稿を担当編集さんに見せたところ、あまりに青春モノを意識し過ぎていたのか、「ラブコメとしてのドキドキが足りないよっ⁉」などと、突っ込まれたりもしました（笑）。

他にも自分の『好き』を各所でいっぱい入れています。

趣味の家庭菜園がそうですね。あれは真剣勝負の手間がかかる育成ゲームって感じです。だけどそれが何より楽しいし、世話を焼いた分しっかり実が結ぶのがたまりません。鉢植えでもナスとかトマトを育てられるのでお勧めです。

他にも霧島《きりしま》、二階堂《にかいどう》、三岳《みたけ》、村尾《むらお》、田倉《たくら》といった好きなものを、ええ一部の勘の良い人ならピンと来ているかもしれません。全て好きなお酒の銘柄です。作中で隼人《はやと》の作る料理がつまみっぽいのも、好きを詰め込んだ結果ですね。てへぺろ。

ちなみに都会と田舎にもモデルがあったりします。都会は東京、隼人や春希《はるき》、姫子《ひめこ》が買い物に出かけた街は池袋《いけぶくろ》。そして田舎――月野瀬《つきのせ》のモデルは私の地元奈良県の山間部にある村々になります。


それはさておき、物語はまだ始まったばかり。

これからも手探りで一緒に進んでいこうとする隼人と春希、そして徐々に変化していく２人と彼らを取り巻く環境を描いていきたいところ。是非今後も見守ってあげてください。

最後に編集のK様、色々お世話になった上、ご迷惑ばかりかけてすみません。イラストのシソ様、美麗な絵をありがとうございます。私を支えてくれた全ての人と、ここまで読んでくださった読者の皆様に心からの感謝を。これからも応援してくださると幸いです。

そして再び皆さんと会うためにも、ファンレターを是非とも送ってください!。

ファンレターに何を書けばわからない?　それなら『にゃーん』だけでも大丈夫です!

雲雀湯

にゃーん!

転校先《てんこうさき》の清楚《せいそ》可憐《かれん》な美少女《びしようじよ》が、昔男子《むかしだんし》と思《おも》って一緒《いつしよ》に遊《あそ》んだ幼馴染《おさななじみ》だった件《けん》

著　雲雀湯《ひばりゆ》

角川スニーカー文庫　22526

2021年3月1日　初版発行

発行者　青柳昌行

発　行　株式会社KADOKAWA
〒102-8177 東京都千代田区富士見2-13-3
電話　0570-002-301（ナビダイヤル）

印刷所　株式会社暁印刷
製本所　株式会社ビルディング・ブックセンター

Printed in Japan　ISBN 978-4-04-111045-4　C0193

★ご意見、ご感想をお送りください★
〒102-8177 東京都千代田区富士見 2-13-3
株式会社KADOKAWA　角川スニーカー文庫編集部気付
「雲雀湯」先生
「シソ」先生

角川文庫発刊に際して

角川源義

第二次世界大戦の敗北は、軍事力の敗北であった以上に、私たちの若い文化力の敗退であった。私たちの文化が戦争に対して如何に無力であり、単なるあだ花に過ぎなかったかを、私たちは身を以て体験し痛感した。西洋近代文化の摂取にとって、明治以後八十年の歳月は決して短かすぎたとは言えない。にもかかわらず、近代文化の伝統を確立し、自由な批判と柔軟な良識に富む文化層として自らを形成することに私たちは失敗して来た。そしてこれは、各層への文化の普及滲透を任務とする出版人の責任でもあった。

一九四五年以来、私たちは再び振出しに戻り、第一歩から踏み出すことを余儀なくされた。これは大きな不幸ではあるが、反面、これまでの混沌・未熟・歪曲の中にあった我が国の文化に秩序と確たる基礎を齎らすためには絶好の機会でもある。角川書店は、このような祖国の文化的危機にあたり、微力をも顧みず再建の礎石たるべき抱負と決意とをもって出発したが、ここに創立以来の念願を果すべく角川文庫を発刊する。これまで刊行されたあらゆる全集叢書文庫類の長所と短所とを検討し、古今東西の不朽の典籍を、良心的編集のもとに、廉価に、そして書架にふさわしい美本として、多くのひとびとに提供しようとする。しかし私たちは徒らに百科全書的な知識のジレッタントを作ることを目的とせず、あくまで祖国の文化に秩序と再建への道を示し、この文庫を角川書店の栄ある事業として、今後永久に継続発展せしめ、学芸と教養との殿堂として大成せんことを期したい。多くの読書子の愛情ある忠言と支持とによって、この希望と抱負とを完遂せしめられんことを願う。

一九四九年五月三日

お見合いしたくなかったので、
無理難題な条件をつけたら
同級生が来た件について
桜木桜
イラスト
clear
story by sakuragisakura
illustration by clear
わたしと嘘の“婚約”をしませんか?
嘘から始まるピュアラブコメ、開幕。
お見合い話を持ってくる祖父に無理難題をつきつけた高校生・高瀬川由弦。数日後、お見合いの場にいたのは同級生の雪城愛理沙!? お見合い話にうんざりしていた二人は、お互いのために、嘘の『婚約』を交わすことになるのだが……。
スニーカー文庫

きみの紡ぐ物語で、
世界を変えよう。
第27回
スニーカー大賞
原稿募集中！
大賞 300万円
＋コミカライズ確約
金賞 100万円
銀賞 50万円
特別賞 10万円
［選考委員］
春日部タケル
「俺の脳内選択肢が、
学園ラブコメを全力で邪魔している」
長谷敏司
「円環少女」「BEATLESS」
角川スニーカー文庫編集長
［前期締切］
2020年12月末日
［後期締切］
2021年6月末日
詳細はザ・スニWEBへ https://sneakerbunko.jp/award/
イラスト／左